D0587072

C152224217

Anne Wiazemsky

Sept garçons

Gallimard

Anne Wiazemsky s'est fait connaître comme comédienne dès sa dix-huitième année, tournant avec Bresson, Pasolini, Jean-Luc Godard, Marco Ferrerri, Philippe Garrel avant d'aborder le théâtre (Fassbinder, Novarina) et la télévision. Elle a publié des nouvelles, *Des filles bien élevées* (Grand Prix de la nouvelle de la Société des Gens de Lettres, 1988), et des romans, *Mon beau navire* (1989), *Marimé* (1991), *Canines* (Prix Goncourt des lycéens, 1993) et *Hymnes à l'amour*, librement adapté au cinéma par Jean Paul Civeyrac sous le titre *Toutes ces belles promesses*. Elle a reçu le Grand Prix de l'Académie française en 1998 pour *Une poignée de gens*. En 2001, paraît *Aux quatre coins du monde* et en 2002, *Sept garçons*.

Pour Jacques Fieschi

Pauline, leur mère, conduisait d'une main et fumait de l'autre. Un air frais et humide, parfois chargé d'odeurs de pin, passait par les fenêtres grandes ouvertes. Pour ses deux enfants assis à l'arrière de la voiture — depuis qu'un violent coup de freins avait envoyé sa fille se cogner contre le tableau de bord, ils n'avaient plus jamais l'autorisation de monter à l'avant — elle essayait de tracer le portrait de ses nouveaux amis chez qui ils se rendaient pour une semaine de vacances. Elle avait fait leur connaissance lors d'une croisière en Grèce, une quinzaine de jours auparavant, parlait d'un « coup de foudre réciproque ». L'expression laissait les enfants perplexes, ils n'étaient pas certains de comprendre ce qu'elle signifiait. Ils se seraient volontiers contentés du séjour habituel à la campagne chez leurs grands-parents, en Seine-et-Oise, en compagnie de leurs cousines. L'inconnu leur déplaisait. Ils trouvaient que leur mère, cet été-là, avait la bougeotte. Au volant de sa voiture, elle les avait conduits à travers la France, s'arrêtant dans des maisons amies pour y passer quelques jours. Chaque fois, il avait fallu s'adapter, retenir qui était qui, les noms et les prénoms. Jusque-là, tout s'était bien déroulé. Cela ne signifiait en rien que cela allait durer. Quelque chose intriguait les deux enfants. Au point d'y revenir alors qu'ils en avaient déjà parlé une heure auparavant.

— C'est une famille où il n'y a que des garçons ? demanda Roséliane. Comment c'est possible ?

Dans sa famille maternelle, c'était essentiellement des filles. Sa famille paternelle était plus équilibrée, mais ses cousins et cousines vivaient à l'étranger, en Espagne. Et comme Roséliane, son frère Dimitri et leurs parents vivaient au Venezuela, les rencontres étaient compliquées à élaborer. Alors on allait au plus simple : les vacances d'été qui les ramenaient en Europe se passaient en France, dans la famille maternelle. Exception faite pour ce mois de juillet 1960 où leur mère les avait emmenés de maison amie en maison amie.

— Et tu nous as dit qu'il y avait combien d'enfants ? demanda à son tour Dimitri.

Ce point le préoccupait particulièrement. Il avait bien retenu le chiffre exact, sept. Mais il espérait encore avoir mal compris et que leur mère, tout à coup, en enlèverait trois ou quatre. Celle-ci ralentit pour allumer une nouvelle cigarette et remonta un peu la vitre : une pluie fine s'était mise à tomber sur le paysage de collines et de pinèdes.

— Dans le Midi, ça ne dure jamais longtemps, dit-elle d'une voix assurée.

— Combien ? insista Dimitri.

Son front, sous ses cheveux blonds, se fronçait d'appréhension ; ses yeux bleus se teintaient d'inquiétude. Sa mère croisa son regard dans le rétroviseur et se concentra pour lui répondre.

— Voyons voir, mes amis Claudie et Marc ont quatre garçons et la sœur de Marc et son mari Jean-François trois, je crois. Sept ! Cela fait sept !

— C'est épouvantable, murmura Dimitri.

Et, à l'intention de sa sœur qui paraissait réfléchir :

— Tu ne trouves pas ?

— Je ne sais pas.

Ce genre de réponse qui n'en était pas déplaisait à Dimitri. Il contempla sévèrement sa sœur, espérant qu'elle en dirait plus. Mais elle se taisait, peut-être accablée, peut-être indifférente, il ne savait pas. Ses cheveux noirs coupés court et au carré encadraient un visage songeur, c'était tout. Il remarqua qu'elle portait encore sur ses pommettes les traces d'un récent coup de soleil et faillit lui en faire la remarque.

Leur mère arrêta la voiture au bord d'une petite route bordée de chaque côté d'une pinède nouvellement plantée. Il ne pleuvait plus mais le soleil demeurait caché. Pour Roséliane et Dimitri à qui l'on avait dit que, dans le Midi, il faisait toujours beau, c'était incompréhensible. Mais ils restaient surtout préoccupés par la perspective de rencontrer sept enfants, plus quatre adultes, un total de onze personnes nouvelles.

— C'est épouvantable, répéta Dimitri.

Sa main plongea dans le paquet de caramels aux trois quarts vide et en retira deux qu'il mit dans sa bouche. Puis il tendit le paquet à Roséliane qui en prit un : il avait besoin de se rapprocher d'elle.

Pauline avait déployé sur ses genoux une carte routière. Cela ne dura pas longtemps. Elle replia la carte et la rangea dans la boîte à gants. Puis elle lissa sa jupe rouge ornée de motifs africains et enleva ses espadrilles : Pauline, souvent, conduisait pieds nus.

— Je préfère éviter la route de la côte qui doit être encombrée, dit-elle. Nous allons continuer par l'arrière-pays, contourner Toulon, traverser Ollioules, puis cap sur Mirmer...

— Hollywood ? la coupa Roséliane, soudain très intéressée.

— Mais non, mon chéri : O-lli-oules. Hollywood, c'est en Amérique.

— Hello Hollywood ! enchaîna aussitôt Dimitri.

— Hello ! reprit Roséliane sur le même ton.

D'avoir cité le slogan publicitaire de leur chewing-gum préféré les fit rire, et l'inconnu qui les attendait, un bref instant fut oublié.

Roséliane avait onze ans et Dimitri neuf. Une complicité quasi totale les unissait, même si Roséliane, parfois, abusait de son statut d'aînée. Mais la plupart du temps, elle le protégeait, le consolait. En contrepartie, Dimitri aimait sa sœur d'un amour sans nuage. Ensemble, ils affrontaient la vie un peu particulière que menaient leurs parents — il leur arrivait de déménager, de changer de pays, donc de maisons et d'écoles ; leurs fréquentes séparations. Leur mère n'aimait pas vivre au Venezuela et revenait souvent avec eux en France, tandis que leur père demeurait seul à Caracas.

Ensemble, ils affronteraient maintenant les sept garçons et leurs quatre parents.

— Ils ont quel âge ? demanda Dimitri.

— Les garçons ?

— Oui.

— Je crois qu'il y en a trois de votre âge. Après, ça dégringole... Les derniers sont petits...

Leur mère sifflotait un air martial. Elle se retourna vers l'arrière de la voiture et sourit tendrement.

— Ne vous faites pas de souci, tout ira très bien. Et puis, je suis là.

Elle était là. C'était formidablement rassurant pour Roséliane et Dimitri. Un timide soleil voilé apparut entre deux nuages. Pauline ralentit. Les enfants contemplaient ses bras minces et brunis par le soleil, la nuque où les cheveux noirs dessinaient une courte pointe ; les espadrilles rouges qui traînaient sur le siège avant avec le paquet de cigarettes et le briquet. Oui, pourquoi se faire du souci ? Au bord de la route bordée de vignes, un discret panneau indiquait Mirmer.

— Mirmer ! Les enfants, nous sommes arrivés !

15

La voiture s'engagea sur un étroit chemin pierreux entouré d'amandiers et vint se garer devant une grande maison rose avec des volets peints en gris. Une jeune femme apparut aussitôt, un panier dans une main, un sécateur dans l'autre.

— Pauline ! cria-t-elle.

Puis, posant à terre panier et sécateur et ouvrant la portière :

— Tu as trouvé facilement ? Vous avez fait bon voyage ?

Elle passa une tête blonde au travers de la fenêtre arrière et sourit aux deux enfants, serrés l'un contre l'autre, qui ne bougeaient pas.

— Vous en faites une tête... Venez que je vous présente aux garçons.

Et, en se redressant, elle appela d'une voix claire et autoritaire :

— Simon ! Guillaume ! Justin ! Thomas ! Nicolas ! Frédéric ! Serge !

Puis à nouveau aux enfants :

— Mais sortez donc de cette voiture que je puisse au moins vous embrasser.

Roséliane et Dimitri s'exécutèrent en murmurant un « oui, madame » effarouché.

La jeune femme blonde, aux cheveux coupés court et à la peau dorée par le soleil, portait un short noir et une chemise jaune nouée à la taille. Elle virevoltait plus qu'elle ne bougeait, parlait haut et fort, avec gaieté et assurance. Elle rit en découvrant les mines des deux enfants qui descendaient comme à regret de la voiture.

— Chez nous, il n'y a pas de madame ou monsieur qui tiennent. Tout le monde s'appelle par son prénom. Mes garçons savent déjà qu'ils doivent appeler votre mère Pauline. Moi, je m'appelle Claudie.

Elle ébouriffa les cheveux de Dimitri, mais embrassa Roséliane sur le front, les mains posées sur ses épaules. Son beau visage aux traits fins devint rêveur.

— Une fille, dit-elle. J'ai toujours espéré avoir une petite fille... Mais j'ai eu quatre garçons... Tu seras ma cinquième enfant...

— Et moi? grommela Dimitri.

Son air sombre attestait que cette entrée en matière ne lui plaisait pas. Il tenta de comprendre si sa sœur éprouvait le même sentiment. Roséliane souriait. « Son sourire bête », pensa-t-il, de plus en plus mécontent.

De la grande maison et des différents chemins et allées, surgirent, presque un à un, les garçons. Certains accouraient, d'autres avançaient lentement, comme à contrecœur. L'ensemble dégageait une énergie brutale un peu effrayante. L'un sautillait sur place, feignant de donner des coups de poing à deux autres, plus petits, et qui se débattaient avec des « arrête! » plaintifs. Le plus grand se trouvait en retrait et ne regardait personne. Un des petits, qui avait reçu une bourrade dans les épaules, appela sa mère, et, comme elle tardait à intervenir, se mit à pleurer.

— Justin, dit Claudie d'une voix sévère, laisse ton frère tranquille. Et toi, Nicolas, cesse de pleurer, il t'a à peine touché.

— C'est pas vrai, se mit à sangloter Nicolas.

Justin se retourna vers les nouveaux arrivants et, très à l'aise, expliqua :

— Mon dernier frère est une vraie poule mouillée... Si je le pousse, il tombe et il pleure. Vous voulez que je vous fasse une démonstration ?

— Justin, assez !

Claudie n'avait pas crié mais c'était tout comme. Le calme revint aussitôt au sein du groupe des garçons. Elle en profita pour reprendre le contrôle de la situation.

— Mettez-vous en rang que je fasse les présentations... Et vous les deux, approchez-vous.

Le frère et la sœur esquissèrent un pas en avant. Claudie se plaça entre eux et les garçons.

— D'un côté Roséliane et Dimitri, les enfants de notre amie Pauline dont je vous ai déjà parlé depuis notre retour de Grèce. De l'autre, l'aîné de quelques mois, Guillaume, mon neveu, onze ans...

Le visage de Guillaume ne reflétait rien. Contrairement aux autres, il était si calme qu'il semblait absent. C'est pourquoi il attira l'attention de Roséliane et de Dimitri : celui-là, au moins, ne les effrayait pas. Mais les autres... Les deux suivants se battaient presque. Ce n'était pas encore de véritables coups de poing mais des bourrades dans les bras, dans les côtes. On aurait dit que l'un voulait déloger l'autre. La violence entre eux était sensible.

Roséliane entendit sa mère, debout derrière elle, soupirer très distinctement : « Mon Dieu. »

— Justin ! Simon !

Claudie les sépara et leur fit reprendre leur place initiale dans le rang.

— Simon, mon fils aîné, bientôt onze ans... Son frère Justin, neuf ans...

— Mais je suis plus grand que lui, c'est moi qui devrais être à côté de Guillaume, protesta Justin d'une voix aiguë.

— Ta gueule, répliqua Simon les dents serrées, une expression furieuse sur le visage.

Claudie poursuivait les présentations, apparemment imperturbable.

— Mes deux autres fils, Thomas, sept ans et Nicolas, six ans. Et pour finir, mes neveux, les petits frères de Guillaume, Frédéric, cinq ans et Serge, quatre ans.

Leurs mères s'en étaient allées, bras dessus, bras dessous, sous le prétexte de visiter la maison et de retrouver les autres adultes, sur la terrasse. « Amusez-vous, faites connaissance ! » avait claironné Claudie tandis que Pauline avait murmuré furtivement à Dimitri : « Tout va bien se passer. » Quand elles se furent éloignées, les sept garçons entourèrent aussitôt les nouveaux venus. Conscients d'être soumis à un examen, ceux-ci n'avaient qu'une seule envie : se sauver. Mais se sauver où ? « Nous sommes cernés par les Japs », pensait Dimitri en se prenant pour Buck Danny, un de ses héros de bande dessinée préférés. Quant à Roséliane, seule fille au milieu de huit garçons, elle se sentait fille pour la première fois de sa vie. Ce n'était ni agréable ni désagréable, c'était nouveau.

L'examen heureusement ne se prolongea pas. Les petits, les premiers, partirent en courant vers leur jeu un moment abandonné. Puis ce fut le tour de Guillaume, l'aîné. On le vit entrer dans le garage et en ressortir avec un jeu de boules.

— On fait une partie ? demanda Simon.

— Un match ? surenchérit Justin.

— Non, répondit Guillaume.

Et, en leur tournant le dos, il déclara :

— Je m'exerce.

Sans plus attendre, il se mit à jouer tout seul, l'air concentré. Presque chaque fois son tir était juste et les boules s'en allaient cogner le cochonnet. Mais son visage demeurait impassible, comme s'il était indifférent à ses victoires. Seuls les yeux, sous l'épaisse frange brune, étaient mobiles. Roséliane, impressionnée, le regardait.

— À quoi tu sais jouer ? lui demanda soudain Simon.

Roséliane sursauta. Contre elle, Dimitri se plaignait à voix basse : « Qu'est-ce qu'on attend pour s'en aller ? »

— Je ne sais pas, dit-elle à Simon.

— Tennis ?

— Non.

— Billard ?

— Non.

— Ping-pong ?

— Un peu.

— Belote ? Rami ? Bridge ?

— Non.

Simon eut un ricanement méprisant et se tourna vers Dimitri.

— Non, répondit Dimitri avec fureur.

Et pour bien signifier que cet interrogatoire était terminé :

— Et je ne veux rien apprendre.

Simon avait un joli visage dont les traits fins rappelaient ceux de sa mère. Ses yeux gris pailletés de vert exprimèrent tour à tour la surprise, la déception puis la condescendance.

— Je vois, dit-il.

Et sans ajouter un seul mot, il s'en alla en direction des champs d'amandiers.

Restait Justin. D'autorité, ses mains s'emparèrent de celles de Roséliane et Dimitri.

— Venez, je vais vous faire visiter la Ferme.

Il désigna du menton la grande bâtisse rose aux volets gris devant laquelle ils se trouvaient.

— Ça, c'est la maison des parents. Nous, les enfants, nous avons la nôtre, c'est la Ferme.

Tous trois s'engagèrent dans un chemin bordé

21

d'un côté d'une esquisse de potager, de l'autre de quelques pieds de vigne. Autour, s'étendaient une multitude d'amandiers et un grand pin parasol. Une autre maison apparut, blanche, plus petite que la première, devant laquelle Justin s'arrêta.

— Chez nous, la Ferme.

Il les précéda dans une grande pièce meublée d'un canapé défoncé, de quelques chaises, d'un billard et d'une table de ping-pong. Sur le sol traînaient des magazines illustrés, des jouets de plage, quelques vêtements. Des raquettes de tennis en bois soigneusement empilées sur une étagère apportaient soudain un semblant d'ordre. Du seuil de la porte, on apercevait l'autre maison, la grande, des vignes et, tout au loin, la Méditerranée.

— Vraiment, vous ne jouez à rien ?

Le non très sec de Dimitri et le demi-sourire désolé de Roséliane parurent lui faire de la peine. Tout à coup silencieux, il leur fit visiter une sorte de cuisine qui semblait abandonnée et, à l'étage, les trois chambres dont il précisa que c'était celles de ses frères et de son cousin Guillaume. Devant une porte qui était fermée, il cogna, attendit quelques secondes, recogna et enfin tourna la poignée.

— La chambre d'Irina. C'est une dame russe qui a élevé maman et qui maintenant s'occupe de nous. C'est aussi la marraine de Simon.

Il poussa la porte, mais ne pénétra pas à l'intérieur de la chambre, claire et bien aménagée. Roséliane aperçut une icône représentant ce qu'elle imaginait être un saint et pensa confusément qu'il régnait là une tout autre atmosphère que dans les autres pièces de la maison. Elle eut envie d'en savoir plus.

— Elle est sévère?

Sa question ramena un éclair de bonne humeur chez Justin.

— Oui. Mais on en fait ce qu'on veut.

Il referma la porte et se jeta en courant dans l'escalier.

— Maintenant que vous avez visité, on va jouer!

Dimitri hésitait à le suivre.

— Et nous? On dort pas ici, j'espère?

Sa question arrêta Justin dans sa course. Il esquissa quelques mimiques qui traduisaient son ignorance, haussa les épaules et lâcha sur le ton dépité de celui qui ne connaît pas la bonne réponse :

— À la grande maison? Avec votre mère peut-être?

Il sauta les quatre dernières marches en glapissant : « Non, je ne suis pas le fils d'un kangourou! », atterrit sur le palier et ouvrit une porte.

— Suivez-moi.

Dans la cour, petite, qui ressemblait à une cour de ferme et qui justifiait le nom de la maison, poussait un seul arbre, un figuier. En face, un mur élevé séparait la propriété de la route. De l'autre côté, s'élevait la chaîne des collines avec quelques rares villas, très espacées les unes des autres. Justin alla droit à une remise qui abritait des bûches et des outils de jardinage.

— On dirait que c'est une porcherie. Vous deux vous ferez les cochons et moi le maître des cochons, dit-il en ramassant une baguette en bois.

— Non.

Dimitri en frémissait de rage. Son regard bleu était devenu fixe. Tout en lui traduisait la révolte et l'indignation. Pour sa sœur qui le regardait de biais, il était impressionnant.

— Non.

— Mais pourquoi ? demanda Justin, soudain désemparé.

— Parce que non.

Et à sa sœur :

— Viens, on s'en va.

Roséliane, docile, le suivit tandis qu'il s'engageait sous un porche. De l'autre côté, on retombait sur le chemin pierreux qui reliait les deux maisons. Justin, un instant indécis, courut derrière eux et les rattrapa.

— On peut se promener ? proposa-t-il.

— Se promener où ? demanda Dimitri, bien décidé à ne rien se laisser imposer.

— Sur la route ?

Ils revinrent devant la grande maison où Guillaume, toujours solitaire, jouait aux boules. Simon, assis sur le muret, le regardait faire. Son frère lui proposa de les accompagner.

— Où ?

— Sur la route.

— D'accord.

Il sauta de son muret et apostropha Guillaume.

— Tu viens avec nous ?

— Non. Je m'exerce encore. Plus tard, on fera une partie.

Sa réponse fut accueillie avec enthousiasme. Des trois garçons, il devenait évident que Guillaume était le chef. Roséliane le considéra avec respect et Dimitri consentit à lui sourire.

— Tu joues très bien, dit-il. Moi pas très. Tu me donneras des leçons ?

Cette demande eut raison de l'indifférence de Guillaume. Il suspendit son tir et daigna se retourner. On aurait dit qu'il découvrait Dimitri pour la première fois. Son regard aussi noir que ses cheveux se posa ensuite sur Roséliane, un peu en retrait.

— Pourquoi pas ? dit-il sur un ton aimable.

Il se détourna, lança la boule qui n'atteignit pas le cochonnet et qui lui arracha un soupir de dépit. « Et puis zut », l'entendit-on maugréer.

Justin qui s'était tu depuis un moment reprit la direction des opérations. Les quatre enfants franchirent le portail et s'engagèrent sur la petite route qui longeait le bas des collines. Simon, dont la mauvaise humeur semblait avoir disparu, racontait l'absence de voisins proches, l'isolement de leur propriété.

— Maman a tellement peur que cela change un jour et que l'on se mette à construire, qu'elle essaie d'acheter les terrains autour de la maison.

Il désigna sur sa droite un champ d'oliviers et un terrain sur lequel il ne poussait pas grand-chose.

— C'est à nous, dit-il, visiblement très satisfait. Le terrain est assez bon marché.

Ses connaissances impressionnaient Roséliane mais ennuyaient Dimitri. Pour couper court à ces confidences, il se décida à poser une question :

— En plus de vos parents et de maman, il y a d'autres gens ?

— Léonard et Lydia, répondirent en chœur les deux autres.

Justin, plus rapide, expliqua :

— Ce sont des amis de toujours des parents, ils viennent tous les étés et ils sont peintres et belges.

— Et beaucoup plus âgés que nos parents. Léonard peint des natures mortes, des brindilles, des bouts de bois, des coquillages... Lydia fait des portraits. On y a tous eu droit et vous ne couperez pas aux vôtres.

Ils passèrent devant une ferme et provoquèrent les aboiements d'un chien attaché à sa niche. Une femme bêchait un plan de potager ; Simon et Justin la saluèrent. Elle se redressa et leur demanda des nouvelles de leurs parents. À ce moment précis, il se mit à pleuvoir.

— Rentrons, décida Justin.

Sur la route où il ne passait aucune voiture, ils se mirent à courir. Cette course enchantait Roséliane. Elle aimait courir et courait vite. Si vite qu'elle distança les garçons et franchit la première le portail.

Cette victoire impressionna Simon et Justin qui l'applaudirent. Dimitri, arrivé en dernier, protestait : « À quoi ça sert, tout ça ? » Devant la grande maison, il n'y avait plus trace de Guillaume. Les quatre enfants s'abritèrent dans ce qui semblait être un garage mais qui n'en était plus un. La pièce était meublée d'une grande table en formica et entourée de chaises. Dans un coin, une femme aux cheveux gris repassait. Le tas énorme des vêtements posés sur la table attestait de l'importance de sa tâche. Justin fit les présentations.

— Maria qui s'occupe de tout et qui garde la maison quand nous ne sommes pas là. Roséliane et Dimitri, les enfants de la nouvelle amie des parents.

— Vos parents vous cherchent, dit-elle avec un fort accent italien. Ils sont au salon.

Roséliane et Dimitri suivirent Simon et Justin. Ils traversèrent une vaste cuisine, puis son annexe et aboutirent dans ce qu'on leur annonça être le salon. Installés dans des fauteuils et des canapés, des adultes bavardaient dans une atmosphère de fumée de cigarettes. Leur nombre fit aussitôt reculer Roséliane et Dimitri. Mais, heureusement, parmi eux se trouvait leur mère qui se leva et se porta à leur rencontre.

— Ne faites pas les sauvages, mes chéris.

Les cinq adultes qui se trouvaient là se présentèrent en même temps et dans un brouhaha qui rendait tout incompréhensible. Les deux enfants ne retenaient rien, ne les distinguaient pas les uns des autres. Un homme grand, brun, au sourire charmeur, s'en aperçut. Il les rejoignit, posa une main sur l'épaule de Roséliane, une autre sur celle de Dimitri.

— Moi, c'est Marc. Je suis le mari de Claudie et le père de quatre garnements.

Comme l'avait fait Claudie, sa main quitta l'épaule de Roséliane et se posa sur sa joue. Cette caresse à peine esquissée lui procura un bref et délicieux plaisir. Elle aimait le contact de cette main sur sa joue, l'intensité avec laquelle cet homme la regardait. Et elle se souvint que leur mère leur avait dit quelque chose à son sujet. Marc était un proche collaborateur du général de Gaulle, c'était un homme important, très occupé, et qui ne prenait guère de vacances. « Il travaille pour la France », avait-elle conclu comme pour mieux impressionner ses enfants.

— Une fille, dit-il, c'est merveilleux. Nous rêvions d'avoir une fille parmi nous ! Et puis tu ressembles à ta mère.

— Tu trouves ? demanda Pauline avec coquetterie. On me le dit parfois, mais moi je ne trouve pas ! Je ne sais pas à quoi ressemble au juste Roséliane. Pas à son père en tout cas...

Cette remarque, dite sur le ton léger de la conversation, peina Roséliane. Elle aurait été bien incapable de s'en expliquer mais c'était comme si sa mère, à cet instant-là, l'avait rejetée. D'ailleurs, elle désignait Dimitri.

— Lui, c'est le portrait de son père.

À ce moment, les notes d'un piano éclatèrent

quelque part à l'étage. Une mélodie passionnée, qui interrompit quelques secondes les bavardages. Marc, toujours à l'intention de Roséliane et Dimitri, expliqua :

— C'est ma sœur jumelle, Julia, que vous rencontrerez plus tard. Elle avait le talent pour devenir une très grande pianiste... Mais elle a choisi d'épouser Jean-François et de lui donner trois fils.

À demi affalé sur le divan, le journal *Le Monde* dans une main et une pipe dans l'autre, un homme, jusque-là très discret, se mit à rire.

— Dis tout de suite que j'ai saboté la carrière de ta jumelle chérie... Ah ! la mauvaise foi des frères et sœurs...

Assise à ses côtés, Claudie protesta pour la forme :

— N'exagère pas, Jean-François. Il leur arrive d'être objectifs... Et puis Julia nous fait tellement plaisir quand elle joue... Parfois, elle accepte que nous l'écoutions. Sinon, elle ne tolère aucun témoin, aucun auditeur...

Roséliane et Dimitri commençaient à se sentir perdus. Ils n'arrivaient plus à se concentrer sur qui était qui. Tout était trop nouveau, trop confus. Et de cela, Pauline n'avait pas l'air de se rendre compte. Elle fumait une cigarette, assise dans un fauteuil en cuir, la tête renversée en arrière, avec cet air un peu absent qu'elle avait parfois et dont ses enfants ignoraient la cause.

Près de la porte-fenêtre qui ouvrait sur ce qui

semblait être la terrasse, un homme et une femme disputaient une partie d'échecs, totalement absorbés, indifférents à la présence des enfants.

Marc, heureusement, ne les oubliait pas.

— Lequel de vous deux joue du piano ?

— Aucun, répondit Pauline de son fauteuil.

— Dommage. Nos garçons non plus. J'aurais pensé que toi, Roséliane, une fille, tu aurais été éduquée dans ce sens. Cela aurait tellement fait plaisir à Julia. Le non-intérêt des garçons pour la musique la désole...

Il se tourna vers Pauline.

— Comment ça se fait que tu ne donnes pas une éducation musicale à ta fille ?

Pauline se redressa dans son fauteuil, indignée par ce qu'elle percevait comme une critique.

— Je voudrais t'y voir ! Avec la vie qu'on mène ! Quelques années à la campagne près de Genève et puis Caracas ! Si tu crois que c'est facile de trouver quoi que ce soit ! On n'est pas à Paris !

Elle tira quelques bouffées rapides de sa cigarette, parut s'apaiser.

— Dimitri, lui, dessine très bien... Il est très doué !

Le visage de Marc s'éclaira à nouveau.

— Ça va intéresser nos amis peintres. Ce sont les deux qui jouent près de la fenêtre. Mais quand ils jouent, ils se fichent complètement de ce qui se passe autour d'eux.

Il appela :

— Léonard ! Lydia ! Je vous présente Roséliane et Dimitri, les enfants de Pauline dont vous avez fait connaissance tout à l'heure.

L'homme et la femme se détournèrent une seconde dans sa direction, firent un vague signe de la main et se remirent à jouer, aussi absorbés qu'auparavant.

Couvrant le piano du premier étage, il y eut un cri strident, puis les bruits d'une chute dans un escalier ; des hurlements et des pleurs. Claudie aussitôt se leva, suivie de ses deux fils, tandis que Marc soupirait :

— Encore un qui a fait une connerie.

Claudie revint en poussant devant elle un petit — Roséliane et Dimitri ne se souvenaient plus lequel —, pleurant, hoquetant, la jambe droite barbouillée de sang.

Pauline quitta son fauteuil et les rejoignit.

— Il s'est peut-être ouvert le genou, il faut le conduire à l'hôpital, dit-elle.

Claudie, avec son foulard, essuyait le sang et tâtait délicatement la jambe, le genou, tandis que le petit hurlait de plus belle. La proposition de son amie ne l'impressionna pas. Mieux, elle eut un sourire moqueur à son adresse.

— Penses-tu ! S'il fallait qu'à chaque incident je les conduise à l'hôpital, j'y passerais ma vie... Il ne se passe pas un seul jour sans que l'un d'eux n'ait quelque chose...

Et au petit qui criait et pleurait :

— Ce n'est rien, Nicolas. Tu as eu peur et tu as mal, c'est tout. On va aller dans la salle de bains, je nettoierai ton genou et on mettra du mercurochrome.

Elle l'embrassa tendrement.

— Comme d'habitude, mon chéri, la routine, quoi !

Et, soutenant son fils cadet, toujours en larmes, ils quittèrent le salon.

Mais Pauline ne désarmait pas.

— Moi, je l'aurais tout de même conduit à l'hôpital. S'il s'était agi de Dimitri...

— Tu te feras aux méthodes de Claudie, dit Marc avec simplicité.

Pauline, alors, apostropha Jean-François qui lisait *Le Monde* en fumant la pipe.

— Tu es médecin et tu ne t'es même pas dérangé pour l'examiner ?

— J'irai plus tard si ça peut te rassurer, dit-il sans lever les yeux de son journal.

Pauline alors se retourna vers ses enfants, témoins de ce qui venait de se passer.

— Quelle maison !

Justin qui, jusque-là, s'était tu, relança la conversation.

— Ça, c'est rien. Il y a eu bien pire. La fois où il a fallu me recoudre le bras et le thorax quand je suis tombé du premier étage !

— Et quand je me suis cassé les dents de devant ! ajouta Simon.

— Et la fois où on s'est battus si fort que tu m'as assommé !

Pauline, maintenant, se bouchait les oreilles.

Dehors, la pluie ne cessait pas.

Plus tard, Claudie leur fit visiter leur chambre, au premier étage de la grande maison. Pauline et ses enfants partageaient la même. Elle était meublée d'un grand lit et de deux plus petits dont l'un semblait avoir été rajouté. Claudie ouvrit la fenêtre qui donnait sur des vignes bordées de cyprès. En se penchant un peu, on apercevait la mer, aussi grise que le ciel.

— Demain, il fera beau, dit-elle sur un ton assuré.

Et plus précisément à l'intention des enfants :

— Nous irons à la plage.

Pauline admirait un bouquet de roses de jardin posé sur l'unique petite table. Elle se pencha pour mieux sentir leur parfum, eut un sourire ravi et félicita Claudie. Celle-ci prit un air modeste.

— Si je ne me freinais pas, je ferais des bouquets toute la journée. Maintenant, je vous laisse vous installer. Vers dix-neuf heures, je viendrai chercher les enfants pour leur donner un bain. Les enfants dînent un peu après, et nous vers vingt heures trente.

— On ne dîne pas tous ensemble ? demanda Pauline.

Elle regarda Roséliane et Dimitri qui, comme elle, semblaient inquiets.

Claudie, sur le point de quitter la chambre, eut un grand sourire qui se voulait rassurant.

— Ah non, ici c'est chacun chez soi, et vous verrez, tout le monde y trouve son compte. Les enfants préfèrent être ensemble et, quant à nous, les adultes, c'est la seule façon d'être tranquilles.

Elle referma la porte de sa chambre sans cesser de sourire. Pauline la première se ressaisit.

— Elle a peut-être raison.

Roséliane songeait aux longs repas familiaux qui avaient lieu chez ses grands-parents ; aux adultes qui parlaient entre eux et aux enfants qui devaient se taire ; aux conversations la plupart du temps politiques auxquelles elle ne comprenait rien et qui faisaient que parfois le ton montait et qu'une mystérieuse tension s'installait entre les convives ; à l'ennui qu'elle éprouvait et à cette sensation angoissante que c'était sans fin. Elle se rappelait aussi les repas avec ses parents et Dimitri, à Caracas, au Venezuela ; à la nervosité fréquente de leur père, à sa façon de lui poser brusquement des questions auxquelles elle ne savait pas toujours répondre et qui avaient pour effet de l'exaspérer ; à l'air absent de leur mère et à sa manie de chipoter sur chaque plat pour finalement déclarer qu'elle n'avait pas faim. Elle allumait alors une cigarette que son mari ne manquait pas de lui reprocher, et un silence pesant s'instaurait. Non, décidément, Roséliane n'aimait pas les repas familiaux, et l'idée de se retrouver loin des adultes et de leurs conversations, pour elle souvent sans intérêt, la séduisait plutôt.

— C'est peut-être plus amusant, dit-elle.

— Ce serait amusant sans tous ces garçons, répondit Dimitri de très mauvaise humeur.

Il se laissa tomber sur un lit.

— Je ne les aime pas du tout. Je ne veux pas passer une semaine ici. Je veux m'en aller.

Pauline avait ouvert leur valise et rangeait les vêtements dans les tiroirs de la commode. Roséliane qui tentait vaguement de l'aider remarqua des sachets de lavande et s'en émerveilla.

— Comme ça sent bon !

On aurait dit que ni l'une ni l'autre n'avaient entendu ce qu'avait dit Dimitri. Celui-ci, indigné, éleva la voix.

— Maman ?

— Mon chéri ?

— Je ne veux pas rester ici. Je n'aime pas cette chambre, je n'aime pas cette maison, je n'aime pas ces garçons.

Pauline acheva de remplir le tiroir de la commode et rejoignit son fils sur le petit lit. Au passage, elle avait allumé une cigarette.

— Mon chéri, commença-t-elle en s'efforçant au calme, nous sommes invités une semaine et nous resterons une semaine. Tout te paraît insupportable parce que c'est nouveau mais tu t'y feras. Parmi ces garçons, il y en a forcément un qui deviendra ton ami...

Elle fut interrompue par un cri strident suivi d'un prénom hurlé avec rage : « Justin ! » Sous la fenêtre, malgré la pluie, Simon poursuivait Justin armé d'une pelle. Mais Justin courait plus vite et quand il s'engagea dans les vignes, Simon abandonna la course. Pauline, Roséliane et Dimitri qui s'étaient précipités à la fenêtre le virent jeter furieusement la pelle et s'en retourner à la maison, en parlant tout seul et à voix haute.

— Évidemment, c'est un peu spécial, admit Pauline.

Elle embrassa Dimitri sur le front.

— Tu t'y feras, mon chéri.

Pour ajouter dans un sourire complice :

— *Nous* nous y ferons.

Les valises vidées, les affaires de toilette déballées et posées sur la plaquette du lavabo de la petite salle de bains attenante où une douche et un bidet occupaient toute la place, tous trois s'installèrent sur leur lit et se mirent à lire. Pauline lisait un roman de la Série Noire, Roséliane *Le Prince Éric* et Dimitri un journal des *Pieds Nickelés*. C'était sa lecture favorite et il en riait tout seul, oubliant ce qui, peu de temps auparavant, le tracassait tant. Son rire d'enfant, heureux, léger, réconfortait Pauline et prouvait à Roséliane que rien n'avait changé, qu'aucun péril ne les menaçait.

Une heure passa, tranquille et silencieuse. On n'entendait plus le piano, situé sur le même palier, quelques chambres plus loin, ni les hurlements des garçons. Dehors, il avait cessé de pleuvoir et le ciel lentement se dégageait. Par la fenêtre ouverte, entrait un air frais chargé d'odeurs d'herbe mouillée et d'eucalyptus.

On frappa à la porte et, sans attendre qu'on lui réponde, Claudie entra dans la chambre.

— Ton bain est prêt, Roséliane. Déshabille-toi et rejoins-moi avec une serviette.

Elle referma la porte. Roséliane, désemparée, adressa à sa mère un regard interrogatif.

— Fais ce qu'on te dit, ma chérie.

Roséliane entra dans la petite salle de bains attenante, se dévêtit entièrement et s'enveloppa les reins dans une serviette-éponge. Puis elle rejoignit leur chambre et, là encore, hésita.

— Fais ce qu'on te dit, l'eau du bain va refroidir, dit Pauline.

Dimitri, à moitié dissimulé derrière sa brochure, contemplait sa sœur avec satisfaction. Il se félicitait d'avoir été oublié et espérait qu'un peu plus tard, Claudie ne l'appellerait pas.

Roséliane sortit, timide et indécise, dans le couloir, en serrant plus que nécessaire la serviette-éponge sur son ventre. Ses pieds nus sur le carrelage ne faisaient aucun bruit et elle avança en direction d'une porte grande ouverte d'où parvenaient des rires et la voix quelque peu énervée de Claudie. Celle-ci parut deviner sa présence.

— Entre, Roséliane.

Mais, sur le pas de la porte, Roséliane se figea, pétrifiée d'horreur.

Dans la baignoire remplie à ras bord et qui menaçait de déborder, Guillaume, Simon et Justin, nus, la fixaient, excités, rieurs, comme sur le point de débuter un nouveau jeu. Ils se tassaient pour lui faire une place, l'eau giclait sur le carrelage et Claudie s'impatientait.

— Qu'est-ce que tu attends ? Donne-moi ta serviette et rejoins-les dans le bain.

Roséliane, tétanisée d'effroi, ne pouvait plus ni parler ni bouger. Les yeux agrandis par la peur, elle fixait la baignoire où les trois garçons, de plus en plus excités, scandaient maintenant son nom :

— Roséliane, avec nous ! Roséliane...

Claudie, excédée, fit un pas en avant et voulut la pousser dans la salle de bains.

— Ne fais pas tant de manières, c'est ridicule.

Elle tenta de lui arracher sa serviette-éponge. Roséliane, alors au comble de la terreur, poussa un hurlement et courut se réfugier dans sa chambre où Pauline, qui l'avait entendue, s'était précipitée à sa rencontre. Elle se jeta dans les bras de sa mère, pleurant, tremblant de tous ses membres.

Claudie arrivait derrière elle, très contrariée.

— Qu'est-ce que c'est que ce cirque, Roséliane ?

— Que se passe-t-il ? demanda Pauline en caressant le dos nu de sa fille.

— Il se passe que j'ai voulu baigner ta fille avec

Guillaume, Simon et Justin et qu'elle s'est enfuie comme si elle avait vu le diable en personne.

— Baigner Roséliane avec Guillaume, Simon et Justin, répéta Pauline si stupéfaite qu'elle semblait n'avoir pas compris le sens des paroles de Claudie.

— Je ne vois pas où est le problème.

Pauline prit une grande respiration.

— Le problème, c'est que tu ne peux pas baigner en même temps une fille — ma fille — et tes garçons. C'est drôle que tu aies eu une idée aussi absurde... Non, cela ne se fait pas, voyons !

— Vous êtes bien compliqués, soupira Claudie. À leur âge, ça n'a aucune importance. Ce ne sont que des enfants...

De la salle de bains, on entendait les garçons hurler de plus en plus fort le prénom de Roséliane.

— Ils vont être très déçus, dit encore Claudie. Ils ne voyaient, eux, rien d'anormal à ce bain pris en commun.

Elle avisa Dimitri :

— Eh bien, viens, toi, puisque tu es un garçon.

— Non !

Il avait crié, mais tout aussitôt se ressaisit, conscient qu'il détenait un argument de taille.

— Je déteste les bains, j'aime les douches, il y en a une à côté.

— Quelle famille compliquée, que de manières, soupira Claudie en se retirant.

Roséliane, qui avait compris que tout danger était maintenant écarté, avait cessé de pleurer. Elle se dégagea des bras de sa mère, tamponna ses joues et ses yeux avec un coin de sa serviette. «Je n'ai jamais eu aussi peur de ma vie», avoua-t-elle avec un début de fou rire.

Mais ce qui apparaissait à Roséliane et à Dimitri comme une épreuve de plus se rapprochait dangereusement. Bientôt ce serait l'heure du dîner et Pauline avait demandé à ses enfants de descendre avec elle au salon. Entre-temps, elle avait quitté sa jupe rouge aux motifs africains pour un ensemble veste pantalon en velours, de couleur sable qui soulignait sa minceur, son élégance naturelle. Roséliane et Dimitri avaient troqué leur short pour des jeans que leur père avait ramenés des États-Unis et dont ils étaient très fiers.

Au salon, tous les adultes étaient réunis et eux aussi s'étaient changés. Claudie servait des verres de whisky et en proposa un à Pauline. Celle-ci refusa : elle ne buvait jamais d'alcool.

— Comme je te plains, dit Claudie. Moi, je ne saurais me passer de mon whisky d'avant le dîner.

— Un whisky particulièrement bien tassé, précisa son beau-frère Jean-François.

— Mais noyé d'eau !

— La quantité de whisky reste la même.

— C'est juste. Je n'y avais jamais pensé avant.

Claudie avisa Roséliane et, son verre à la main, se rapprocha d'elle.

— Alors ? Remise de tes émotions ?

— Oui, madame, répondit Roséliane, à nouveau effrayée par le souvenir de ce qui avait failli lui arriver.

— Oui, Claudie, corrigea Claudie.

— Oui, Claudie.

Elle lui caressa la joue avec une expression tout à coup très sérieuse.

— Je ne savais pas que les petites filles étaient aussi pudiques. Il faudra que tu m'apprennes...

Assis sur le canapé, Simon et Justin écoutaient leur père expliquer ce qui semblait être une expérience scientifique. En fait, ils guettaient aussi Roséliane. « Pourvu qu'on n'en reparle plus jamais », pensa-t-elle.

Claudie fit signe à Pauline et à ses enfants.

— Maintenant qu'il ne pleut plus, venez voir la terrasse.

Elle les précéda dehors. Une tonnelle recouverte de vigne vierge abritait une longue table carrelée entourée de fauteuils et de chaises. Un hamac était suspendu entre deux piliers.

— La pluie l'a trempé. Bah, ça séchera avec les premiers rayons du soleil. Demain, on annonce un temps superbe.

Elle désigna les vignes qui arrivaient au ras de la terrasse et qui continuaient loin, jusqu'à, semblait-il, un bosquet de pins derrière lequel on apercevait la mer.

— Tout ça, c'est chez nous. Mes parents ont acquis la propriété en 1942. C'est un peu sauvage, mais je compte planter des lauriers et de la lavande pour apporter un peu de couleur...

Entre deux rangées de vigne, apparut une longue jeune femme brune, aux cheveux mi-longs et bouclés. Elle avançait tranquillement, les mains dans les poches d'une veste imperméable, une cigarette aux lèvres, l'air rêveur.

— Julia, annonça Claudie. La jumelle de Marc, mon mari.

Julia les aperçut, jeta sa cigarette et grimpa sur la terrasse. Son sourire charmeur rappelait, en effet, celui de son frère jumeau. Elle et Pauline se connaissaient déjà et s'embrassèrent affectueusement. Puis Julia se pencha vers les enfants.

— Roséliane et Dimitri. Pauline m'avait montré vos photos.

Comme tous les adultes avant elle l'avaient fait, elle s'attarda sur Roséliane.

— Une fille parmi nous, comme c'est nouveau !

Roséliane sourit timidement. Mais contre son oreille, à voix basse, Dimitri grinçait : « On le saura que tu es une fille. »

Ils rentrèrent au salon où les conversations allaient bon train. Jean-François commentait sa lecture du *Monde* et les dernières nouvelles d'Algérie ; Léonard, son verre de whisky à la main, grand, lourd, massif, arpentait la pièce en s'en prenant aux dernières décisions politiques du gouvernement français. Il parlait plus fort que les autres, avec un accent belge prononcé. Assis sagement sur le canapé, quatre petits garçons faisaient semblant d'écouter les adultes. Leur peau brillante, leurs cheveux encore humides et les raies parfaites de leur coiffure montraient clairement qu'on venait de leur donner un bain. Roséliane les regarda et chercha sans succès à se souvenir de leur prénom. « Tu te souviens de comment ils s'appellent ? » murmura-t-elle à Dimitri. « Non et je m'en fiche complètement » répondit-il sur le même ton.

Marc donna une bourrade à Simon et à Justin, puis frappa dans ses mains en élevant la voix.

— Les enfants, c'est l'heure du dîner. À table !

Tous les enfants présents se levèrent et le suivirent, accompagnés de leurs trois mères. Ils traversèrent l'office puis la cuisine jusqu'au garage où le couvert était mis sur la longue table en formica. Guillaume s'y trouvait déjà ainsi qu'une femme âgée aux longs cheveux blancs remontés en chignon. Claudie l'embrassa et la présenta à Pauline, Roséliane et Dimitri.

— Notre chère Irina qui m'a élevée et qui maintenant s'occupe de mes garçons.

Irina sourit d'un sourire un peu fatigué. Ses yeux clairs, très étirés vers les tempes, exprimaient une grande tendresse tout entière réservée à Claudie.

— Je veux m'asseoir à côté de Roséliane, cria brusquement Justin.

— Non, c'est moi, cria encore plus fort Simon.

La tendresse quitta les yeux clairs d'Irina.

— Ça suffit. Roséliane se mettra entre Guillaume et Simon qui ont son âge, dit-elle.

— Mais c'est moi qui ai eu l'idée en premier ! Justin prit son père à témoin.

— Hein que c'est moi ?

— Obéis à Irina, répondit son père.

— Non et non, c'est pas juste ! s'emportait Justin.

Le ton de son père monta quelque peu.

— Fais ce qu'on te dit, Justin. Tu auras Roséliane comme voisine de table une autre fois... Si elle le souhaite... D'ailleurs, qu'est-ce tu veux, Roséliane ?

— Je ne sais pas, murmura-t-elle.

Si elle avait eu assez de courage, elle aurait réclamé la présence de Dimitri à ses côtés. Son frère, d'ailleurs, la fixait en espérant que c'est ce qu'elle dirait. Sa réponse négative le peina et l'exaspéra en même temps. « Lâche, sale lâche », murmura-t-il entre ses dents. Et il s'efforça de prendre un air digne et indifférent.

Devant l'autorité de son père, Justin céda. Roséliane fut placée au centre de la table, entre Simon et Guillaume. Justin à côté de Simon et Dimitri de Guillaume. Les quatre plus petits s'étaient regroupés autour d'Irina. Maria apporta un énorme plat de raviolis et les enfants hurlèrent de joie. Sauf Guillaume, qui se tourna vers Roséliane et lui demanda :

— Mes cousins sont bruyants, vous ne trouvez pas ?

— Si, un peu, dit-elle.

— Atrocement, corrigea Dimitri qui avait entendu la question.

Les adultes s'étaient retirés et, désormais, seule restait Irina pour assurer l'ordre autour de la table. Car un début de pagaille déjà s'installait. Chacun voulait se servir en priorité des raviolis, des fourchettes se tendaient en direction du plat. Justin en avait subtilisé quelques-uns, les petits eux-mêmes prétendaient ne pas pouvoir attendre. Les premières taches de sauce tomate éclaboussaient la table.

— Assez !

Irina était devenue rouge jusqu'aux oreilles. Elle rappela sèchement aux uns et aux autres qu'elle seule était habilitée à servir et remplit en priorité les assiettes des quatre plus petits garçons, puis celles de Roséliane, Dimitri, Guillaume, Justin et Simon. Ce dernier s'indigna de passer après son frère cadet et, pour bien marquer sa désapprobation, annonça qu'il refusait de manger. Les bras croisés, il se renfonça sur sa chaise, avec un air farouche. Justin aussitôt se moqua de lui, singeant ses attitudes, riant de ses plaisanteries, faisant à lui tout seul plus de bruit que toute la tablée. Et cela malgré les fréquents rappels à l'ordre d'Irina occupée avec l'un des petits qui refusait de se nourrir sous prétexte qu'il n'aimait pas la couleur rouge de la sauce tomate. Un autre petit renversa alors son verre d'eau dans l'assiette de son cousin et celui-ci se mit à hurler. Irina appela Maria pour qu'on lui en apporte une nouvelle.

— Moi aussi, j'en veux, réclama Justin d'une voix aiguë.

— Tu n'as même pas encore fini les tiens, protesta Irina.

Justin alors s'empara de l'assiette de son frère Simon et en déversa le contenu dans la sienne. La moitié se répandit sur la table et il y eut un double hurlement : celui excédé d'Irina et celui furieux de Simon.

— Mes raviolis !

De rage, il assena une claque à son frère qui la lui retourna aussitôt. Puis ils s'empoignèrent de telle sorte qu'ils roulèrent sur le sol avec leur chaise. Le choc, loin de les calmer, les excita davantage. Ils se battaient maintenant à coups de poing, méchamment, impitoyablement. Irina s'était levée et tentait en vain de les séparer. Elle aussi criait, mais, dans le brouhaha général, personne ne l'entendait. Guillaume à son tour se jeta dans la mêlée. Son action eut plus de succès que celle d'Irina et il parvint à les séparer. Tous trois se relevèrent.

— Vous n'êtes plus possibles, dit Guillaume tandis qu'Irina encore toute à sa colère s'était mise à parler en russe.

L'air sérieux et responsable de Guillaume — son air d'aîné de la bande — imposa le silence aux deux frères qui relevaient leur chaise, visiblement embarrassés, en tout cas calmés. Mais très vite Justin éclata de rire.

— Qu'est-ce qu'on s'amuse !

— On ne s'amuse pas du tout, répondit Irina.
Vous donnez un exemple effroyable aux petits. Je
ne veux plus vous voir à côté l'un de l'autre. Justin
et Dimitri, vous allez échanger vos places. Et à la
première bêtise, je vous expédie dans vos chambres.

Dimitri, encore effrayé par ce à quoi il venait
d'assister, se leva à contrecœur : échanger Guillaume contre Simon ne lui plaisait pas du tout. Il ne
se l'avouait pas, mais Simon l'effrayait autant que
Justin, d'emblée, l'avait agacé. Quant à Roséliane,
elle en avait cessé de manger. Jamais encore elle
n'avait assisté à autant d'agressivité, à autant de violence. La vision des deux frères roulant sur le sol du
garage et se battant à coups de poing l'avait terrori-
sée. Et que toute cette violence s'arrête en quelques
secondes était tout aussi incompréhensible ! Son
regard allait de Justin à Simon, maintenant très
calmes, qui avaient ramassé les raviolis répandus sur
la table et qui mangeaient avec appétit. Puis elle
regarda Irina et les quatre petits qui bavardaient
comme si rien de ce qui venait de se dérouler ne
pouvait les concerner.

— Vous ne mangez pas ? lui demanda Guillaume.

— Je n'ai plus faim.

Le visage de Guillaume se concentra comme s'il
réfléchissait à une question très importante. Roséliane, à la dérobée, regardait l'épaisse frange brune
qui recouvrait en partie les sourcils froncés, les yeux
très noirs, le nez un peu épaté et la ligne ferme du

menton. À ce moment-là, elle le trouvait beau. Et se rappelant son intervention dans la bataille, beau et courageux.

Guillaume eut un sourire timide et sur un ton un peu hésitant, proposa :

— On pourrait se tutoyer ?

— Si tu veux.

Et un début de conversation s'amorça entre eux, lentement, comme à tâtons. Guillaume évoqua le lycée Janson-de-Sailly où il faisait ses études et Roséliane le Colegio Francia, à Caracas. Ils avaient l'un et l'autre le même âge mais Guillaume avait sur elle une classe d'avance.

Autour de la table, le calme était revenu comme s'il ne s'était rien passé. Maria apporta un deuxième plat de raviolis, puis de la salade, puis une tarte aux mirabelles qui, de nouveau, provoqua des hurlements de joie. Simon mangeait en silence, l'air non pas fâché mais absent. Dimitri, son voisin, était de plus en plus de mauvaise humeur : que personne ne lui adresse la parole l'ulcérait. Il regardait avec dépit sa sœur et Guillaume, ce qu'il percevait comme une entente nouvelle. Il remarquait aussi les efforts que faisait Justin pour se mêler à leur conversation et l'indifférence de Guillaume et de Roséliane à son égard. Cela seul lui procurait un peu de plaisir. « Bien fait », pensait-il.

— Tu t'intéresses à la politique ? lui demanda soudain Simon.

Si c'était pour lui poser une question aussi idiote,

il aurait pu tout aussi bien continuer à se taire, pensa Dimitri.

— Non.

— Moi, je ferai de la politique, comme papa. Député peut-être, ou président de la République.

Dimitri n'avait rien à répondre. Mais il ne voulait pas demeurer en reste.

— Je voudrais être dessinateur.

L'un et l'autre avaient fourni un effort méritoire pour tenter de communiquer, ils en restèrent là.

Le dîner s'acheva aussi bruyamment qu'il avait commencé. Chacun voulait quitter la table sans la permission d'Irina. Quand, enfin, elle en donna le signal, ce fut un fracas de chaises repoussées brutalement, de couverts rejetés sur la table.

— Les petits, vous m'accompagnez pour dire bonsoir à vos parents et puis vous irez vous coucher. Les autres, vous avez quartier libre jusqu'à dix heures, et après, au lit sans faire d'histoire, dit Irina.

Guillaume, Simon, Justin, Roséliane et Dimitri sortirent. Le jour s'achevait et une lumière rosée éclairait encore la grande maison, les vignes qui descendaient vers la mer. Les champs d'oliviers et d'amandiers ainsi que la Ferme étaient déjà dans la pénombre. Les pluies de l'après-midi avaient ravivé les odeurs et surtout celles du grand eucalyptus, planté à gauche du portail, sous lequel ils se tenaient, hésitant à sortir de la propriété ou à y rester. Dimitri aurait bien aimé monter dans la chambre et retrouver ses *Pieds Nickelés*. Il attendait avec espoir que Roséliane fasse une proposition dans ce sens, mais elle se contentait de suivre les garçons, en souriant de son air vague et absent qui l'agaçait tant. Il la devinait prête à accepter n'importe quoi sans discuter. Ce fut Simon qui le premier se décida.

— On fait une partie de pétanque ?

— On joue très mal, dit aussitôt Dimitri.

— Tous les deux ?

— Tous les deux !

Dimitri, soulagé, voyait enfin la possibilité de s'en aller. Il ne se trompait pas.

— On n'a qu'à jouer entre nous, sans eux ? proposa Simon en se retournant vers son frère et son cousin.

Mais Guillaume n'était pas d'accord. Son début d'entente avec Roséliane l'empêchait de les abandonner, elle et Dimitri. Il fit une contre-proposition.

— Justin et Simon, vous faites équipe contre moi, Roséliane et Dimitri. Vous êtes deux, moi je suis avec eux qui jouent mal. Mais comme je joue un peu mieux que vous, c'est équitable.

La proposition fut acceptée par tous, y compris par Dimitri. Roséliane n'était ni pour ni contre et se sentait d'humeur suiveuse. Elle constatait avec soulagement qu'il n'y avait plus aucune agressivité entre Simon et Justin.

La nuit maintenant était bien là, et Guillaume alluma devant le garage. La lumière traçait sur le gravier une parfaite aire de jeu. Ils prirent les boules et la partie commença. Mais celle-ci, très vite, dégénéra. Aux tirs plus ou moins précis de Guillaume, Simon et Justin, s'opposèrent ceux désordonnés de Roséliane et de Dimitri. Ce dernier la plupart du temps ratait ses coups. Il prenait très mal les fous rires de Justin qui applaudissait ses plus mauvais tirs avec une gaieté féroce. Même Guillaume commençait à s'énerver.

— Comment veux-tu qu'il se concentre avec le cirque que tu fais ? Moi-même, je commence à perdre mes moyens !

— C'est qu'ils sont vraiment nuls ! riait Simon, pour une fois en accord avec son frère.

Mais, moins bavard, il marqua deux fois de suite brillamment deux points. Guillaume, à l'inverse, manqua le cochonnet. Une grimace de contrariété déformait sa bouche.

— À toi, dit-il à Roséliane.

Celle-ci se mit en position, balança le bras comme elle l'avait vu faire et, toute tendue dans son désir de ne pas décevoir Guillaume, lança la boule. Justin en hurla de rire. Dimitri, après elle, ne fit guère mieux. L'ambiance entre les joueurs s'était brusquement modifiée et la nervosité devenait palpable. Simon marqua un point, Justin un autre, et Guillaume, pour la deuxième fois, manqua le sien. Alors, à la stupéfaction de tous, il se saisit d'une autre boule qu'il jeta rageusement, n'importe où, droit devant lui.

— J'en ai marre, vous avez cassé le jeu avec vos

ricanements et vos plaisanteries idiotes... Je ne joue plus, débrouillez-vous sans moi...

Et sans un regard pour personne, il disparut dans la nuit, en direction du champ d'amandiers. Un silence consterné s'ensuivit que Justin finit par briser.

— Quel mauvais joueur !

Mais on le sentait penaud. Et l'idée qu'il s'était fâché avec son cousin lui parut soudain si insupportable qu'il décida de ne pas attendre le lendemain matin et de courir à sa recherche. À son tour, sans un mot pour les trois autres, il disparut dans la nuit.

— Bon, eh bien, il semble que la soirée est finie, dit Simon sans plus s'émouvoir.

Roséliane avait le cœur serré. Elle ne se serait jamais attendue à un tel mouvement d'humeur chez Guillaume ; c'était comme s'il l'avait rejetée au même titre que les autres. Pis encore, après leur début d'entente, leurs amorces de confidences, elle se sentait abandonnée. Dimitri n'était pas loin d'éprouver la même chose.

— Allons nous coucher, proposa-t-il.

Le frère et la sœur adressèrent un petit signe de la main à Simon qui fit de même avant de disparaître en direction de la Ferme. Ils n'avaient pas échangé un seul mot, même pas le plus banal des bonsoirs.

Ils entrèrent dans la maison par le garage. Dans la cuisine, ils rencontrèrent Irina qui leur demanda s'ils sauraient retrouver leur chambre. Et, comme ils acquiesçaient :

— J'ai appris que la mère de votre père était russe. Vous l'avez connue ?

— Non.

Elle prononça alors une phrase incompréhensible qui devait être du russe et, devant leurs visages étonnés :

— Vous ne parlez pas russe ?

— Non.

— Dommage. Vous devriez peut-être prendre des leçons...

Elle les considéra avec sympathie.

— Bonne nuit, les enfants. Le petit déjeuner est servi à neuf heures dans le garage.

Roséliane et Dimitri lui dirent bonsoir et rejoignirent l'escalier qui menait à l'étage. Dès les premières marches, ils entendirent le brouhaha joyeux des adultes qui dînaient dans le salon. Les voix se chevauchaient entrecoupées de rires. Il leur sembla que tous parlaient trop fort, et quand une voix masculine, qu'ils n'identifièrent pas, entonna une chanson, Dimitri se tourna vers sa sœur.

— Ils ont trop bu, dit-il d'un ton sévère.

Revêtus de leur pyjama, couchés dans leur lit étroit mais confortable, ils savouraient la tranquillité de leur chambre, leur intimité retrouvée. Les volets n'étaient pas fermés. Par la fenêtre grande ouverte, pénétraient les aboiements d'un chien et parfois du côté de la mer, le fracas lointain d'un train. Sinon, c'était le silence. Un silence qui leur donna envie d'éteindre la lumière et de s'endormir. Mais le sommeil ne vint pas tout de suite. Alors ils commentèrent leur journée, très mouvementée à leur point de vue. Dimitri était le plus critique. S'il trouvait quelques qualités à Guillaume, il rejetait en bloc tous les autres, les parents comme les enfants. Roséliane demeurait plus évasive. Elle ne pouvait s'empêcher de penser à la façon dont Guillaume les avait brutalement quittés. Elle se demandait avec inquiétude s'il était aussi violent que ses cousins et quelle serait son attitude le lendemain matin, au petit déjeuner. Mais cela, elle ne l'aurait jamais avoué à Dimitri. Celui-ci tout à coup demanda :

— Cette Irina, j'espère qu'elle ne va pas nous donner des cours de russe ?

— Mais non.

Ils étaient sur le point de s'endormir quand leur mère, doucement, ouvrit la porte, la referma et pénétra dans la chambre. Elle alluma sa lampe de chevet et s'aperçut que ses enfants étaient encore à demi éveillés. Elle se pencha sur eux et l'un après l'autre les embrassa.

— Quelle journée amusante ! Et pour vous, ça s'est bien passé ?

Elle n'attendit pas leur réponse et, d'une voix qui se voulait plus ferme :

— Il est tard. Il faut dormir, maintenant.

Elle retira le foulard en mousseline qu'elle portait autour du cou et le disposa sur la lampe de chevet de manière à en atténuer le halo. Sur le seuil de la petite salle de bains, elle se retourna et dit encore :

— Demain, il faudra écrire à votre père. Cela fait plus de dix jours que vous n'avez rien écrit.

Et elle s'enferma dans la salle de bains. Dimitri dormait déjà et Roséliane presque. Mais un sentiment soudain de culpabilité l'envahit. Elle n'avait pas écrit à son père, elle ne pensait pas souvent à lui. À quoi cela était-il dû ? À la distance ? À la séparation ? Pourtant elle l'aimait de tout son cœur, même si elle le craignait. À Caracas, il l'emmenait faire du cheval avec lui. Il trouvait qu'elle montait bien et, dans ces moments-là, il était fier d'elle. Le reste du temps, il était souvent critique. Et c'était cette façon de la juger qui lui faisait peur, qui la rendait timide, gauche et maladroite.

De la salle de bains parvenaient des sons rassurants : les robinets que l'on ouvre et que l'on ferme, l'eau qui coule. Pauline se démaquillait, se lavait les dents, brossait ses cheveux. Roséliane connaissait ses gestes pour avoir souvent assisté à la toilette de sa mère. Quand elle sortit revêtue de son kimono, Roséliane avait les yeux fermés. Mais elle reconnut l'odeur d'amande amère de la crème de nuit et celle de la cigarette que Pauline venait d'allumer : la dernière de la journée.

La lumière qui entrait à flots au travers de la fenêtre demeurée ouverte obligea Pauline à se lever et à tirer les volets, puis elle se recoucha et se rendormit. La chambre où elle se trouvait avec ses deux enfants se situait au-dessus de la cuisine et ce furent des odeurs de café, les bruits des petits déjeuners qu'on prépare qui la tirèrent de son sommeil pour la deuxième fois. La pendulette sur la table de nuit indiquait neuf heures et, en soupirant, elle décida qu'il était temps de se lever, de reprendre une vie de vacancière en compagnie de ses nouveaux amis. Elle s'y résolut sans enthousiasme. Pauline, d'habitude, prenait son thé au lit, qu'on le lui serve ou qu'elle se le prépare elle-même. Mais pour sa première journée, elle se devait d'être présente parmi eux, sur la terrasse, comme on le lui avait expliqué la veille avant qu'elle monte se coucher tandis que s'entamait une énième partie de cartes. « Les jours suivants, on verra », pensa-t-elle avec bonne humeur.

Dans leur lit, Roséliane et Dimitri ne dormaient plus depuis longtemps. Ils n'avaient aucune hâte de se lever et de retrouver les garçons. Les souvenirs de la veille leur laissaient des sentiments mitigés. Comme souvent, ils n'avaient pas eu le besoin de se concerter pour vérifier qu'ils éprouvaient la même chose.

Pauline enfin donna le signal du lever et ce fut la bousculade dans l'étroite salle de bains. Les volets ouverts laissaient entrer une éclatante lumière d'été. Le ciel, très bleu, sans nuages, se fondait au loin avec le bleu de la mer. Le vert des vignes, des cyprès et des pins brillait au soleil. Déjà, il faisait chaud.

En attendant que ses enfants achèvent une sommaire toilette, Pauline, accoudée à la fenêtre, contemplait le paysage. Elle suivait les mouvements de l'ouvrier agricole qui travaillait dans les vignes et qu'un petit chien de race indéterminée suivait partout ; une voile blanche, au loin, filait sur la mer. Elle écoutait des voix qui semblaient venir de partout et qui prouvaient que la maison tout entière était éveillée ; les chants des oiseaux et les trains qui passaient sur la voie ferrée située en contrebas et dont on lui avait dit qu'elle longeait le bord de mer, de Marseille à Nice et Vintimille.

— Dépêchez-vous, les enfants, moi aussi j'ai ma toilette à faire.

Le petit déjeuner était sur le point de s'achever quand Roséliane et Dimitri rejoignirent le garage. À la demande d'Irina, on se poussa pour leur ménager une place. Roséliane se retrouva entre deux petits et constata avec dégoût les traces de beurre et de confiture qui maculaient la table, les miettes de pain et les flocons d'avoine répandus un peu partout. Sur une nouvelle demande d'Irina, les petits l'embrassèrent distraitement sur la joue. Des baisers collants que Roséliane aurait bien essuyés si elle avait disposé d'une serviette. Irina lui en tendit une avec un rond en bois sur lequel était gravé le prénom Marie-Armelle. Irina expliqua :

— C'était une petite fille qui a passé deux étés ici et dont les parents étaient très liés avec Marc et Claudie.

— Maintenant, ils vivent en Australie, ajouta Justin.

Et, à toute vitesse, de manière à parler plus vite que Simon qui ouvrait la bouche pour dire quelque chose :

— Marie-Armelle, on ne l'aimait pas beaucoup, c'était une fille vraiment trop fille.

Roséliane se sentit vexée comme si ce jugement la concernait elle aussi. Elle but un peu de chocolat, inquiète, tourmentée, par ce que pouvait signifier « être ou ne pas être vraiment trop une fille ». Dimitri, à l'autre bout de la table, assis entre Guillaume et Simon semblait s'ennuyer. Il mangeait à peine, sans paraître remarquer l'agitation qui régnait autour de la table et qu'Irina tentait de calmer. Une tartine envoyée par Justin traversa l'espace et vint atterrir dans le bol de Simon, heureusement vide. Ce dernier immédiatement fou de rage se leva.

— Je vais te casser la gueule, dit-il.

Il s'était redressé si brutalement qu'il en avait heurté Dimitri. Un peu de son chocolat se répandit sur la table, ses genoux nus, son short.

— J'en ai marre, cria Dimitri à son tour. Marre, marre, marre !

Il amorça le mouvement de se lever, mais Guillaume, qui jusque-là s'était contenté de manger en silence, le força à se rasseoir.

— Ce n'est pas grave, dit-il. Prends ta serviette et essuie tes genoux.

— Et la tache sur mon short ? protesta Dimitri.

Il portait une attention maniaque à la propreté de ses vêtements. Attention que partageait aussi Roséliane. Ils la tenaient d'une jeune femme qui s'était occupée d'eux quand ils étaient petits, qu'ils avaient adorée, et dont le souvenir était demeuré très vif.

Justin riait de sa blague et essayait de faire partager son hilarité aux plus jeunes. Ces derniers, ravis de la tournure que prenait leur petit déjeuner, s'étaient mis à confectionner des boules de mie de pain pour en faire de terribles projectiles.

— Moi aussi, j'en ai marre, dit Irina d'une voix cassante. Principalement à cause de toi, Justin, aucun repas ne se passe tranquillement. Si ça continue, tu mangeras tout seul. De toutes les manières, j'en parlerai à tes parents. Ton père saura te mater.

Et à Simon, toujours debout et toujours sur le point de se jeter sur Justin :

— Rassieds-toi, mon chéri. Ton frère n'est qu'un idiot et surtout, pour l'amour du ciel, ne te mets pas à son niveau !

Roséliane qui observait ce qui se passait autour d'elle avec une curiosité proche de la fascination perçut chez Irina une manière différente de s'adresser aux deux frères. Une douceur tendre transformait son visage, son vocabulaire et le son de sa voix quand il s'agissait de Simon, moins turbulent, il est vrai, que Justin. « Simon est son préféré », pensa-t-elle sans se rendre compte, ce jour-là, à quel point son intuition était juste.

À côté d'elle, un petit — « Mais comment s'appelle-t-il celui-là ? » se demanda Roséliane qui ne parvenait toujours pas à se souvenir de leurs prénoms — venait de tremper la croûte de sa tartine dans le chocolat pour la disposer toute gluante sur la table.

— C'est un crocodile, dit-il fièrement.

Et il se mit en devoir de faire progresser délicatement son crocodile autour du bol de Roséliane. Celle-ci ne songeait même pas à protester. Son regard revenait sans cesse dans la direction où se trouvaient son frère, Simon et Guillaume. Ce dernier paraissait avoir oublié sa colère de la veille et avalait tartine sur tartine, concentré sur la nourriture. De temps à autre il répondait brièvement à une question de Simon. Parfois son regard rencontrait celui de Roséliane et il esquissait un début de sourire.

Claudie et Marc arrivèrent dans le garage, avec de grands paniers. Claudie portait une robe joliment décolletée qui mettait en valeur ses épaules et ses seins ; Marc un pantalon et un polo foncé.

— Nous allons au marché, annonça Claudie. Dès notre retour, je vous descends sur la plage. Soyez prêts pour onze heures.

Et, à Roséliane et Dimitri :

— Tout va bien ? Vous vous adaptez aux garçons ?

— Oui, madame, répondit Roséliane.

— Oui, Claudie, la corrigea Claudie.

— Oui, Claudie.

Et pour faire preuve de bonne volonté :

— Oui, Marc.

Le couple quitta le garage et l'on entendit le claquement des portières, puis le démarrage de la voiture.

Pour Roséliane comme pour Dimitri, c'était une grande nouveauté que d'appeler les adultes par leur prénom. Une nouveauté déconcertante qui exigeait de leur part un grand effort de concentration.

Claudie et Marc revinrent du marché à l'heure dite, avec des cartons et des paniers chargés à ras bord. Les enfants appelés en renfort les prirent pour les déposer dans la cuisine tandis que Claudie demandait à Roséliane :

— Je monte me changer et on y va. Roséliane, s'il te plaît, préviens Pauline.

Pauline somnolait dans un transat, sur la terrasse, un roman policier de la Série Noire sur les genoux. À ses pieds, un sac de plage attestait qu'elle était déjà prête. De l'étage parvenaient des fragments de musique, toujours les mêmes. Julia faisait ses gammes du matin. Mais le piano soudain s'arrêta et l'on entendit la voix claire de Claudie :

— Viens à la mer avec nous, Julia. Tu travailleras cet après-midi.

Dimitri qui avait rejoint sa mère et sa sœur semblait moins renfrogné.

— Heureusement que je vais me baigner, parce que qu'est-ce que je m'embête !

Les neuf enfants et les quatre adultes se répartirent dans deux voitures. Dans la vieille Citroën qui restait toute l'année à Mirmer et que conduisait Claudie, s'entassèrent Irina, les petits, les bouées, les paniers, les ballons et une multitude de serviettes-éponges. Julia conduisait sa propre voiture, celle avec laquelle elle était venue de Paris. Pauline était à ses côtés, avec Dimitri sur ses genoux. Sur la banquette arrière, serrés les uns contre les autres, se tenaient Roséliane, Guillaume, Simon et Justin. Ces deux derniers se disputaient car l'un voulait ouvrir toutes les fenêtres et l'autre pas. Par inadvertance, Roséliane reçut un coup de coude dans l'estomac et ne put retenir un cri. Pauline, aussitôt, se retourna vers l'arrière.

— C'est rien, s'empressa de répondre Roséliane tout en lançant un regard noir à Simon, responsable de sa brève mais fulgurante douleur.

Celui-ci s'excusa à mi-voix et lui sourit. Un sourire destiné à la remercier de sa discrétion, un sourire reconnaissant. Et Roséliane remarqua que quand Simon souriait, c'était toute sa personne qui s'éclairait et qu'il en devenait très beau.

La route, étroite, toute en lacet, exigeait une conduite prudente et des coups de klaxon à chaque tournant. Quand une voiture arrivait en sens inverse, il fallait se rabattre le long de la route pour la laisser passer. Les enfants en trépignaient d'impatience. Enfin on arriva sur la grande route qui longeait le bord de mer, les plages.

Beaucoup de voitures s'alignaient les unes derrière les autres, de chaque côté de la route. Claudie et Julia finirent par trouver deux places voisines. Les portières s'ouvrirent et les enfants, jusque-là tassés les uns contre les autres, jaillirent tels des diables de leur boîte.

— Ne traversez pas sans nous ! hurlèrent en même temps Claudie, Julia et Irina.

Mais déjà Justin avait lancé à Simon : « Chiche ? » et malgré les cris des adultes, ils se jetèrent en courant entre les voitures qui roulaient à toute vitesse dans les deux sens. L'une d'elles dut freiner brutalement pour éviter Justin et son conducteur se mit à insulter l'enfant, passé de l'autre côté de la route, et qui riait aux éclats, fier de ce qu'il considérait

comme un exploit. Simon lui aussi triomphait :
« On a réussi à traverser très vite ! » À ce moment
complices, ils ignoraient les cris des adultes, de
l'autre côté, qui s'apprêtaient à les rejoindre les bras
chargés de serviettes, bouées et autres objets indis-
pensables à la plage. Les quatre petits se tenaient
par la main, encadrés par Guillaume et Roséliane,
sommés de veiller sur eux. Quand enfin tous se
trouvèrent réunis, Claudie, de sa main droite
demeurée libre, gifla tour à tour Justin et Simon.
Deux gifles sèches et rapides que personne n'avait
vues venir. Adultes et enfants descendirent en
silence l'escalier qui menait à la plage ; en silence
encore ils se choisirent un endroit un peu en retrait
des vacanciers et de leurs nombreuses familles. Mais
ce silence ne devait pas durer.

— Le premier dans l'eau a gagné ! cria Justin.

Il retira sa chemise, son short, ses sandales et,
vêtu de son maillot de bain, courut se jeter dans la
mer.

— J'ai gagné ! hurla-t-il tandis que les autres étalaient les serviettes sur le sable et se déshabillaient,
mais lentement, en prenant leur temps.

Roséliane, à onze ans, avait un corps de petit garçon et portait comme les autres un maillot qui
s'arrêtait à la taille. Elle n'avait jamais pensé auparavant qu'il puisse en être autrement mais il lui sembla que les garçons regardaient avec un peu trop
d'insistance son buste nu. Une petite fille, occupée à
construire un château de sable et qui avait à peu

près son âge, portait un maillot une pièce. D'autres, un peu plus loin, aussi. Claudie, qui la contemplait en silence, voulut attirer l'attention de Pauline, déjà couchée sur sa serviette, enduite d'ambre solaire et qui paraissait somnoler.

— Ta fille ne devrait-elle pas porter un maillot de fille ?

Pauline se redressa sur ses coudes.

— Ridicule ! Elle est plate comme une planche à pain. À Caracas, dès trois, quatre ans, les petites filles ont des maillots de femme avec des volants et autres fanfreluches. Roséliane aura son maillot une pièce quand ses seins pousseront !

Que l'on parle d'elle comme si elle n'était pas là et sur un sujet aussi délicat enleva à Roséliane toute envie de se baigner. Elle demeurait assise sur le sable, tête baissée, épaules rentrées, insensible aux autres qui entraient dans l'eau et qui la réclamaient. Un des garçons — Simon ? — l'appela. Puis ce fut le tour de Guillaume dont elle reconnut la voix. Il faisait la planche, proche du rivage, entouré de Justin, Simon, Dimitri. Déjà Simon et Justin feignaient de se battre, l'un essayant d'enfoncer sous l'eau la tête de l'autre. Ils riaient, se crachaient dessus, mais comme chaque fois, il y avait dans leur façon de jouer une brutalité qui déconcertait et effrayait Pauline.

— Ils vont finir par se blesser, dit-elle.

— Bah, répondit Claudie avec insouciance. Quand ils se seront fait vraiment mal, ils se calmeront d'eux-mêmes.

Et à l'intention de Roséliane :

— Tu ne te baignes pas ? C'est comme la baignoire d'hier ?

Le rappel de ce pénible souvenir la fit se relever d'un bond et entrer dans la mer. En quelques mouvements, elle fut au niveau de Dimitri et des garçons qu'elle dépassa sans s'arrêter. Un crawl impeccable qui, un court instant, les impressionna.

— La classe, fit observer Simon.

— Je nage aussi bien qu'elle, riposta Dimitri.

Et il partit dans son sillage, suivi des trois autres. Roséliane ralentit, satisfaite de les avoir épatés, contente de les retrouver. Elle les accueillit avec un sourire heureux qui disait : « Qu'est-ce qu'elle est bonne ! »

Plus au large se trouvait un radeau, muni d'un plongeoir.

— On y va ? proposa Guillaume.

Et sans attendre l'approbation des autres, il fila dans un crawl encore plus énergique que celui de Roséliane. Le premier, il s'y hissa, suivi de près par elle. Ils se couchèrent côte à côte sur le plancher chauffé par le soleil, essoufflés. Arrivèrent ensuite, à quelques minutes de distance, Dimitri et Justin et enfin, dix secondes après, Simon. Un moment, ils restèrent silencieux, allongés sur le dos ; occupés à retrouver un souffle normal. En se tournant sur le ventre, ils apercevaient les plages, la foule des vacanciers. De l'autre côté de la route, là où commençaient les collines et entre deux rangées de villas, s'alignait la voie ferrée. Un train passa à toute vitesse, dans un long sifflement.

— C'est le Marseille-Nice, dit Simon avec sérieux. Cela veut dire qu'il est midi. À midi quinze, passera le Toulon-Marseille et à quatorze heures le Marseille-Vintimille, mais on sera remonté à la maison.

Ils restèrent là à se chauffer, échangeant quelques paroles anodines, contents d'être ensemble, pas pressés de retrouver la plage. Roséliane commençait à trouver ce compagnonnage délicieux et, entre ses yeux mi-clos, elle observait Guillaume. Celui-ci de temps à autre faisait de même et quand, par chance, leurs regards se croisaient, c'était pour Roséliane une merveilleuse sensation. Elle était alors en si parfait accord avec elle-même qu'elle ne songeait pas encore à se demander si Guillaume éprouvait un sentiment semblable au sien.

Une nageuse arrivait en direction du radeau, avec le style parfait d'une athlète olympique. Dans un souple mouvement des bras et des reins, elle se hissa à bord et les poussa pour se faire une place : c'était Claudie, même pas essoufflée, ses yeux de myope plissés de plaisir.

— Cinq, le compte y est. Les quatre petits jouent sur la plage.

Puis à Roséliane et Dimitri :

— Votre mère me déçoit! Elle met un masque, nageotte pour observer un fond marin qui n'existe pas, fait quelques brasses paresseuses et, basta, retour sur sa serviette.

Puis à Guillaume :

— Julia ne vaut guère mieux. Elle entre dans l'eau, se trempe quelques secondes et sort en disant qu'elle ne se baignera que quand l'eau sera plus chaude. Une eau déjà à vingt-trois degrés !

Un groupe de nageurs avançait en direction du radeau et, le voyant surchargé, partit dans une autre direction. Cela décida Claudie.

— Il est temps de rejoindre la plage, de se sécher et de remonter à la maison. Vous avez compris ? Pas question que vous nous fassiez attendre !

Roséliane la regardait gravir l'échelle qui la conduisait au plongeoir. Son maillot deux-pièces dévoilait un corps mince et musclé qui l'apparentait plus à une jeune fille qu'à une mère de quatre garçons. Arrivée sur la planche, elle gagna l'extrême bord, fit quelques petits sauts sur place comme pour se mettre en train, prit une grande respiration et plongea. Les enfants la suivirent des yeux pendant qu'elle nageait sous l'eau, avant de réapparaître un peu plus loin.

— À toi l'honneur, dit Guillaume à Roséliane.

Celle-ci se releva avec un peu d'appréhension et gravit les barreaux de l'échelle en tentant d'imiter la désinvolture de Claudie. Guillaume et Justin montèrent derrière elle. Roséliane plongea, suivie des deux autres. Sur le radeau demeuraient, hésitants et contrariés, Simon et Dimitri.

— Dégonflés ! criait déjà Justin.

Et aux deux autres qui nageaient sur place en attendant la suite :

— Ils ne savent même pas plonger !

Dimitri, qui avait entendu, le regardait avec haine. Cela ne faisait pas vingt-quatre heures qu'il connaissait Justin mais c'était vingt-quatre heures de trop. Jamais Justin ne serait son ami et sur les barreaux de l'échelle, Dimitri se répétait : « Jamais ! Jamais ! » Il s'engagea sur le plongeoir, raide, malheureux. Malgré plusieurs tentatives à la piscine du Country-Club de Caracas, il ne s'était jamais décidé à plonger la tête la première comme avait tout de suite su le faire sa sœur. Il se laissa tomber, droit comme un i, en se bouchant les narines et en fermant ses yeux. Simon sauta à son tour, le corps ramassé sur lui-même, exactement au-dessus de Justin, comme s'il voulait l'écraser, le noyer. Justin comprit l'agression dont il allait être victime et eut le temps de donner le coup de pied qui l'empêcha de recevoir son frère sur la tête.

— La bombe, c'est la seule chose qu'il sache faire, cria Justin.

Et sans trop se presser, il nagea en direction de la plage, certain que son frère ne le rattraperait pas. Celui-ci tentait de suivre le rythme gracieux et nonchalant de Guillaume et de Roséliane. Ils ne se parlaient guère, se contentant d'échanger quelques mots à propos du passage d'une mouette, d'une sortie soudaine de pédalo. Simon ressentait une vraie complicité entre eux. Une complicité simple, facile, comme s'ils se connaissaient depuis très longtemps et de cela, il se sentait un peu jaloux. Sans parvenir à démêler s'il était jaloux de Guillaume, de Roséliane ou des deux à la fois.

Un long train traversa le paysage, de l'autre côté de la route.

— C'est le Nice-Marseille, il doit être midi vingt, annonça-t-il à Guillaume et à Roséliane.

Elle lui sourit poliment, gentiment.

— Tu connais par cœur tous les horaires des trains, c'est formidable.

Simon la regarda avec reconnaissance.

— J'ai une excellente mémoire. Je connais aussi par cœur les noms des coureurs du Tour de France et de la plupart des députés.

Il était si content de pouvoir se mettre un peu en valeur qu'il n'entendit pas Dimitri commenter : « Qu'est-ce qu'on en a à fiche de sa mémoire ? »

Claudie et Pauline avaient passé une tunique éponge sur leur maillot de bain, rempli les paniers, plié les serviettes et leur faisaient signe de se dépêcher. Irina entamait la montée de l'escalier qui reliait la plage à la route, en poussant devant elle trois des petits. Le quatrième pleurait dans les bras de Julia qui le berçait, l'air de ne pas savoir si c'était la bonne méthode.

— Pose-le par terre, lui conseillait Claudie, légèrement agacée. Le peu de sable qu'il a reçu dans l'œil ne justifie pas que tu le portes. Il est lourd et tu as mal au dos.

Guillaume, Roséliane, Simon, Justin et Dimitri sortaient de l'eau. Claudie leur lança une serviette.

— Débrouillez-vous avec ça. On va finir par être en retard pour le déjeuner et c'est embêtant pour Maria. Julia ! pose ton fils par terre !

Guillaume aperçut son frère, le dernier, le plus petit, qui pleurait assis sur le sable en appelant sa maman. Il le prit par les bras, le souleva et le fit tournoyer dans l'air jusqu'à ce que l'enfant se calme et se mette à rire. « C'est l'avion que tu voulais, Serge, c'est ça, hein ? »

« Ah, celui-là c'est Serge, pensa Roséliane. Il faut absolument que je m'en souvienne. » « À cheval ! À cheval ! » exigeait maintenant l'enfant. Guillaume l'installa à califourchon sur ses épaules, attrapa un panier chargé d'objets divers et rejoignit les autres qui entamaient la montée de l'escalier. Pauline et Claudie fermaient la marche.

Les enfants avaient terminé leur repas et les adultes s'apprêtaient à passer bientôt à table, sous la tonnelle. Irina avait veillé à ce que les quatre petits rejoignent leur lit pour y faire la sieste jusqu'aux environs de quatre heures et conseillé aux grands de s'en aller lire dans leur chambre. Les enfants n'appréciaient guère, surtout Justin pour qui ne pas bouger durant deux heures représentait un supplice.

— Je vais voir ça avec papa, dit-il.

Guillaume, Roséliane, Simon et Dimitri le sui-virent sur la terrasse où les adultes quittaient les fauteuils en rotin pour s'installer à l'ombre, sous la tonnelle. La table était mise avec soin et Roséliane admira les bouquets de roses, les tranches de melon dans des assiettes bleues, les bouteilles de vin rosé. Sa mère semblait être à la place d'honneur, entre Marc et Jean-François. Tous saluèrent gaiement l'arrivée des enfants. Mais Justin en vint aussitôt au pourquoi de leur présence.

— On ne veut plus faire la sieste, dit-il avec fermeté.

Il y eut quelques rires chez les adultes qui s'étaient servis à boire et qui commençaient à manger leur melon.

— Il ne nous manquait plus qu'un porte-parole syndical, railla Jean-François. Sauf que tu nous joues ce rôle un jour sur deux, mon petit bonhomme.

Guillaume se pencha vers Roséliane et Dimitri et leur confia à voix basse : « Le truc de Justin, c'est de discuter le plus longtemps possible en pariant que c'est toujours ça de pris sur la sieste. Parfois ça marche. » Mais Claudie, ce jour-là, n'était pas décidée à le laisser continuer.

— Justin, tu nous casses les pieds. Va lire dans ta chambre, révise ton anglais, joue aux cartes avec les autres, fais ce que tu veux mais laisse-nous déjeuner tranquillement.

— Ce n'est pas un argument valable « vous laisser déjeuner tranquillement », c'est un argument égoïste, riposta Justin.

Son insolence loin de choquer son père l'amusa.

— J'aimerais bien savoir ce que tu entends par « argument valable ».

Il prit à témoin les autres adultes.

— Je propose qu'on lui donne une chance. Il va devoir défendre son point de vue comme un avocat plaide une cause. Si ses arguments sont recevables, plus percutants que les nôtres, eh bien, nous serons bons joueurs et il aura gagné. Maintenant, prends une chaise, assieds-toi et commence ta plaidoirie.

— Et les autres ? demanda Pauline que cette façon d'agir désarçonnait d'autant plus que, dans sa famille, on ne donnait jamais la parole aux enfants.

— Les autres ont le choix entre rester et écouter leur délégué ou s'en aller dans leur chambre, décréta Marc, qui avait beaucoup de mal à dissimuler combien cette joute verbale avec son fils l'excitait.

Julia, sa sœur jumelle, applaudit des deux mains. Ce n'était un secret pour personne que Justin, par ailleurs son filleul, était son préféré. Parfois, il lui arrivait de le comparer à Guillaume, son fils aîné. Et la comparaison n'était pas toujours flatteuse pour Guillaume : Justin semblait beaucoup plus brillant, plus à l'aise en société, capable de soutenir n'importe quelle conversation.

— La plaidoirie de Justin, je m'en bats l'œil, prononça très distinctement Dimitri de manière à être entendu de tous.

— On ne parle pas comme ça, dit machinalement Pauline.

En fait, elle approuvait ce que venait de dire son fils : « Qu'est-ce que c'est que cette maison où les enfants cassent les pieds de leurs parents en plaidant Dieu sait quoi », aurait-elle aimé ajouter.

— Tu n'es pas obligé de rester ! riposta Justin, vexé.

— C'est bien mon intention.

Et, entraînant sa sœur :

— On va aller relire un « Bob et Bobette », *Le Fantôme espagnol*.

Roséliane eut un regard vers Guillaume, qu'il surprit et qui le fit sourire.

— Pour moi, *Le Fantôme espagnol* ce sera pour une autre fois. Je vais m'exercer au billard.

— Je peux jouer avec toi ? demanda Simon.

— D'accord. Tu me laisses m'entraîner une demi-heure et on fait une partie.

Claudie tapait son verre avec un couteau de façon que tout le monde écoute ce qu'elle avait à dire.

— Maintenant disparaissez tous afin qu'on puisse enfin manger tranquillement.

— Sauf Justin, rectifia Marc. Mais tu as intérêt à être brillant !

Il retira la montre de son poignet et la posa bien en vue sur la table.

— On t'accorde vingt minutes chrono. À toi, maintenant.

Guillaume et Simon s'éloignèrent en direction de la Ferme tandis que Roséliane et Dimitri contournaient la table pour rejoindre la maison, leur chambre à l'étage. Du salon, ils entendirent leur mère crier :

— Pas de « Bob et Bobette » qui tienne ! Écrivez à votre père. Il y a un bloc de papier sur la table.

Dimitri eut une grimace irritée :

— Et elle ? Elle lui écrit ?

— Je ne sais pas.

Ils n'en dirent pas plus mais une tristesse mêlée d'angoisse les envahit. Sans savoir au juste comment se le formuler, ils pensaient que leurs parents auraient dû être ensemble en vacances, comme tous les parents qu'ils connaissaient.

La fin de la sieste arriva. Julia, dans sa chambre, reprenait son piano. On entendait à nouveau les portes claquer, les hurlements des garçons. Roséliane et Dimitri se rendirent sur la terrasse. Pauline lisait, enfoncée dans le hamac, tandis que Claudie, avec de vieux bouquets de fleurs, en confectionnait d'autres, plus petits. Cette activité paraissait tellement lui plaire qu'elle en souriait toute seule. Ses mains fines ornées de bagues maniaient le sécateur avec dextérité. Courant et se bousculant, apparurent Guillaume, Simon et Justin. Ils portaient tous les trois un short et un polo blanc ; une raquette de tennis en bois. Claudie expliqua :

— C'est l'heure de leur leçon de tennis. Marc et

Jean-François vont les descendre car, eux, ils ont un match avec des amis. Vous voulez les accompagner ? Le tennis est dans un endroit ravissant, une pinède...

Du fond du hamac, on entendit la voix de Pauline.

— Non merci, le tennis m'assomme.

— Voilà une réponse qui a au moins le mérite d'être claire. Et vous, les enfants, vous savez jouer ?

À nouveau la voix tranquille de Pauline sortit du hamac.

— Non, ils ne savent pas jouer. D'ailleurs, ça ne les intéresse pas.

— C'est vrai ? demanda Claudie.

— Je ne sais pas, répondit Roséliane.

— On ne nous l'a jamais proposé, ajouta Dimitri.

— Mais vous ne me l'avez jamais demandé !

La tête de Pauline émergea du hamac. Ses yeux sombres étincelaient d'indignation.

— Comment je peux deviner à leur place ce qui pourrait les intéresser. Ils ne me demandent jamais rien !

L'arrivée de Marc et de Jean-François, eux aussi en blanc et avec des raquettes, mit fin à ce début de discussion.

— Qui je descends avec les garçons ?

— Mes enfants, répondit Pauline avec ironie. Si le tennis les intéresse, vous les inscrirez pour quelques cours.

— Moi, Jean-François et Dimitri à l'avant de la Citroën, les autres tassés derrière, ça peut aller, répondit Marc.

Le club de tennis se trouvait à quelques kilomètres de Mirmer. Il était constitué de six courts et d'un bar. Marc et Jean-François retrouvèrent leurs amis et entamèrent une partie. Les autres attendirent un peu plus : leur professeur n'en avait pas encore fini avec son élève, une dame d'un certain âge. Guillaume, alors, se mit à jouer tout seul, contre un mur, concentré, rapide, avec cette expression impassible qu'avait déjà remarquée Roséliane.

La leçon précédente s'acheva et le professeur appela les enfants. Ils pénétrèrent tous les trois sur le court en terre battue dont la couleur ocre plaisait à Roséliane. Simon grimpa en haut de la chaise d'arbitre tandis que Guillaume et Justin se positionnaient derrière le filet, en face de leur professeur, un jeune homme blond et bronzé. Les échanges de balles commencèrent, si réguliers que, pour Roséliane et Dimitri, assis dans l'herbe de l'autre côté du grillage, le spectacle devint très vite monotone.

Mais soudain, le jeu changea.

Le professeur envoyait maintenant des balles dans toutes les directions et les deux garçons ne cessaient de courir pour les rattraper. Si Guillaume n'en ratait aucune, Justin en manqua plusieurs. Il criait de dépit, accusait la réverbération du soleil, la malchance qui s'acharnait sur lui. Et cela malgré les fréquents rappels à l'ordre de leur professeur : « tais-toi », « concentre-toi ». Par ailleurs, il ne ménageait ni les conseils ni les encouragements. Le jeu de Guillaume l'enthousiasmait :

— Je t'inscrirai au tournoi des juniors de la semaine prochaine. Si tu continues à jouer comme ça, dans quelques années, tu joueras mieux que moi et c'est toi qui me donneras des leçons.

Ce compliment eut raison de la réserve habituelle de Guillaume. Pendant un instant, un immense sourire illumina son visage et pour Roséliane qui ne cessait de le regarder, il lui sembla qu'elle voyait un autre Guillaume.

Plus d'une demi-heure s'était écoulée quand le professeur arrêta le jeu.

— À Simon de travailler, maintenant. Guillaume, prends sa place sur la chaise d'arbitre et toi, Simon, viens nous rejoindre.

— Et moi ? protesta Justin. Je n'ai pas le droit de me reposer ? Pourquoi Guillaume et pas moi ?

— Parce que tu ne travailles pas vraiment, lui répondit le professeur. Tu cherches les points faciles sans faire d'efforts. C'est pas comme ça que tu progresseras. Pour l'instant, tu frimes plus que tu ne joues.

À nouveau le jeu s'engagea entre le professeur d'un côté, Simon et Justin de l'autre. Cela dura moins longtemps car Justin, de très mauvaise humeur, n'écoutait aucun conseil, courait moins vite et râlait à chaque balle ratée. Simon, à l'inverse, faisait preuve d'une excessive énergie. Au point que le professeur interrompit la leçon pour lui parler.

— Trop de tension, trop de rage. Il faut que tu apprennes à taper moins fort sinon tu finiras par briser ta raquette. Place la balle plutôt que de taper dessus comme un sourd.

Marc et Jean-François, leur chemise trempée de sueur, arrivèrent sur ces entrefaites. Le professeur se détourna des enfants pour aller leur serrer la main.

— Comment se sont-ils comportés ? demanda Marc.

— Guillaume, parfait, un futur champion. Simon et Justin ont encore beaucoup à apprendre. Mais je ne désespère pas.

Il riait devant la mine déconfite du père de ses deux moins bons élèves. Il avait appris à connaître Marc, sa volonté de faire de ses fils des champions toutes catégories. Il savait qu'il prévoyait pour eux les meilleures des grandes écoles, une réussite sociale totale. Marc ne manquait jamais, après chaque leçon, de s'informer de leurs progrès.

— Vous inscrivez Simon et Justin pour le championnat des juniors ?

Le professeur parut embarrassé.

— Ils ne sont pas encore assez préparés, dit-il en cherchant soigneusement ses mots. Une mauvaise place dans le classement les dévaloriserait. Pour progresser, ils doivent avoir un bon moral. Guillaume, lui, a toutes ses chances.

Marc n'avait plus envie de s'étendre sur ce sujet.

Il eut un geste de la main comme pour l'écarter, puis désigna Roséliane et Dimitri, toujours assis dans l'herbe et qui commençaient à s'ennuyer ferme.

— Les enfants d'une amie. Ils n'ont encore jamais touché une raquette de leur vie, mais j'aimerais bien que vous les testiez, puisqu'il nous reste un peu de temps.

Le professeur fit signe à Dimitri de venir le rejoindre sur le court. Il obéit comme s'il s'agissait d'une punition.

— Comment tu t'appelles ? Quel âge as-tu ?

— Dimitri. J'ai neuf ans.

Marc sentit que le professeur allait faire une remarque et le devança.

— Vous allez me dire que, comme Justin, c'est un peu jeune et que vous les prenez d'ordinaire à partir de dix ans. Mais neuf ans, dix ans, c'est pareil... Justin, passe ta raquette à Dimitri.

Dimitri la prit avec méfiance comme s'il se fût agi d'un objet maléfique.

— Mets-toi au milieu du court, lui dit le professeur. Je vais t'envoyer des balles et tu essaieras simplement de me les renvoyer au-dessus du filet.

Il lui en envoya une douzaine et Dimitri en rattrapa quatre, visiblement surpris de ne pas les avoir ratées. Le professeur lui en envoya huit autres qu'il laissa à chaque fois passer.

— Ça a l'air facile et ça ne l'est pas, dit-il, furieux. J'en ai marre de toujours rater des balles !

Et de sa propre initiative, il quitta le court et tendit sa raquette à Roséliane. Marc allait le sermonner, mais le professeur intervint :

— Ne le grondez pas, il y a toujours des mômes qui ne comprennent pas que ça ne marche pas du premier coup et qui le prennent mal. À la petite demoiselle, maintenant !

Elle prit la place de Dimitri. Le professeur la rejoignit et se posta derrière elle. Il posa ses mains sur les siennes afin de lui montrer comme tenir la raquette de tennis. Mais il sembla surpris par ce contact, déposa la raquette à terre et entreprit d'examiner les mains et les poignets de Roséliane.

— Ses poignets sont beaucoup trop minces, trop souples ! Ce n'est pas du tennis qu'il faut lui faire faire mais du piano...

Sans trop savoir pourquoi, Roséliane se sentit humiliée comme si on venait de la juger indigne de ce sport prestigieux qu'était le tennis.

— Ce n'est pas que je veuille te décourager, lui disait le professeur. Mais tu auras beaucoup plus de mal qu'un autre, qu'un garçon... En plus, c'est connu, les filles courent beaucoup moins vite que les garçons...

Il ramassa la raquette et la lui remit entre les mains.

— Regarde comme elle te semble lourde, comme tu peines pour la tenir. Mais si tu insistes, je veux bien essayer de te donner quelques leçons. Si tu insistes...

— Non merci, monsieur, ce n'est pas la peine.

Elle avait parlé avec une toute petite voix d'enfant, tête baissée de manière que personne ne puisse voir ses yeux embués de larmes. Être une fille avait cessé d'être une qualité pour devenir un défaut; un défaut qui l'excluait de la compagnie des garçons et, brusquement, elle se mit à les détester : le professeur, Simon, Justin, Guillaume qui descendait de la chaise d'arbitre où il était resté perché jusque-là. Quant aux deux adultes, Marc et Jean-François, c'était plus simple, ils n'existaient pas. Elle ne se rappela leur présence que lorsqu'ils appelèrent les enfants pour rentrer.

À l'arrière de la vieille Citroën, Roséliane se trouvait coincée entre Simon et Dimitri. Elle avait su retenir ses larmes, mais ne parvenait toujours pas à articuler un mot alors que chacun y allait de son commentaire. Dimitri comprit-il sa détresse ou bien ne parla-t-il que pour lui-même ? Mais il jeta un froid en déclarant d'une voix posée, à l'intention de tous :

— Courir après une balle, moi je trouve ça idiot. J'ai pas la chance d'avoir les poignets fragiles de ma sœur, mais je refuse d'apprendre à jouer. Même à regarder, c'est assommant !

Pour bien marquer aux autres que son frère et elle étaient du même camp, Roséliane confirma :

— C'est vrai, même à regarder, c'est ennuyeux !

Marc, assis à côté de Jean-François qui conduisait, se retourna avec ce regard charmeur et chaleureux qui faisait qu'on avait tout de suite envie de l'aimer, de lui faire confiance.

— Tu te trompes, ma petite fille. Ce à quoi tu as assisté était une leçon et je t'accorde que ça peut être monotone, voire ennuyeux. Mais un match, un vrai, c'est passionnant ! La fièvre qu'on éprouve, tu n'imagines pas ! Je serai celui qui t'initiera à ce bonheur, que tu aies douze, quinze ou dix-sept ans. N'oublie jamais ce que je viens de te promettre. D'accord ?

— D'accord.

Roséliane était aux anges, son visage resplendissait de joie. Oubliée, l'humiliation d'avoir des poignets trop fragiles ! Envolé le sentiment d'être exclue ! « Je le déteste, ce Marc, pensait Dimitri au même moment. C'est le pire de tous. »

Deux autres journées s'écoulèrent, semblables et différentes. Roséliane et Dimitri ne s'adaptaient pas de la même façon. Si l'une continuait à jouir du privilège d'être une fille, l'autre n'était qu'un garçon de plus. Dimitri, habitué à avoir sa sœur pour lui tout seul, se trouva dans l'obligation de la partager et cette situation nouvelle, que jamais il n'aurait pu imaginer, lui semblait injuste. Injuste aussi la façon qu'avaient les garçons de s'acharner à lui plaire, à l'avoir comme voisine de table. Ce simple détail provoquait un tel désordre qu'Irina avait dû instaurer des tours. Dimitri feignait l'indifférence, mais espérait toujours que Roséliane, se souvenant de sa présence, l'appellerait à ses côtés. Mais Roséliane n'exigeait rien, ne choisissait personne. Elle laissait faire Irina, sans cacher toutefois sa préférence pour Guillaume. Tous, d'ailleurs, l'avaient admis avec plus ou moins de bonne volonté. Simon aurait aimé être le préféré et n'avait pas renoncé à évincer son cousin. Il était sérieux, un peu sombre, régulièrement exaspéré par son frère Justin qui l'asticotait à tout propos, mais se faisait ange avec Guillaume et Roséliane. Un moment Justin tenta de nouer une alliance avec Dimitri pour mieux écarter Simon. Mais Dimitri s'y refusa. Il n'aimait pas Justin, tolérait Simon et acceptait Guillaume. Les autres, les quatre petits, il ne les voyait même pas.

Si Roséliane se plaisait à Mirmer, la brutalité constante des garçons la déconcertait ou l'effrayait. Simon et Justin semblaient en permanence sur le point de se battre.

Le quatrième jour, alors que les enfants et leurs mères se trouvaient à leur place habituelle sur la plage, ce qui sembla d'abord être un jeu, faillit tourner au drame.

Guillaume, Roséliane, Dimitri, Simon et Justin étaient entrés en courant dans l'eau avec le projet d'atteindre le radeau. Une course que leurs mères devaient suivre pour désigner ensuite le vainqueur. Une course d'à peine dix minutes. Il faisait beau, l'eau était délicieusement fraîche. Sur le sable, les petits suivaient avec passion la course. Tous donnaient Guillaume gagnant. Mais après ? Dans quel ordre ? Même leurs mères semblaient ne pas savoir.

Guillaume fut effectivement le premier à grimper sur le radeau. Simon, Dimitri, Roséliane et Justin suivaient à quelques mètres, avec un léger avantage pour Simon et Justin. Les deux frères atteignirent exactement en même temps le radeau. Mais plutôt que d'y grimper, ils s'empoignèrent dans l'eau, l'un voulant empêcher l'autre d'y accéder. Justin donna un violent coup de pied dans le ventre de son frère et commença à se hisser. Mais Simon le rattrapa par la taille et avec toute la force dont il était capable, il le rejeta dans la mer, lui maintenant la tête sous l'eau. Justin se débattait, parvenait un bref instant à émerger mais Simon, aussitôt, le renfonçait sous l'eau. Roséliane qui nageait à leur hauteur se mit à hurler de peur. Pour elle, il n'y avait aucun doute, Simon voulait noyer son frère et n'allait pas tarder à y parvenir. Son hurlement attira l'attention de Guillaume qui, couché sur le ventre, n'avait rien suivi de la scène. Il comprit tout de suite, plongea dans l'eau et envoya un coup de poing dans la mâchoire de Simon de façon à lui faire lâcher prise. Enfin libéré, Justin, crachant, hoquetant, remonta à la surface.

— Vous êtes vraiment cinglés, dit Dimitri. Tous.

Il se trouvait près d'eux, aussi effrayé que Roséliane. Sans échanger un seul mot, les cinq enfants se hissèrent sur le radeau. Leurs mères, de la plage, leur faisaient de grands signes. Avaient-elles compris ce qui venait d'avoir lieu ? C'était impossible à dire.

Roséliane se tenait serrée contre Dimitri. Elle n'osait regarder personne, pas même Guillaume. La scène à laquelle elle venait d'assister la révoltait.

— Viens, dit-elle à Dimitri. On s'en va.

Cette façon de ne s'adresser qu'à son frère provoqua un sentiment d'effroi chez les trois autres. Dimitri, lui, approuvait joyeusement. Ils étaient déjà debout prêts à se jeter dans l'eau quand la main un peu tremblante de Simon se posa sur le bras de Roséliane.

— Pardon, lui dit-il à voix basse. Je ne suis pas la sale brute que tu crois.

— Tu voulais le noyer.

Elle avait son visage fermé des mauvais jours et son regard sur Simon, s'il était encore effrayé, était aussi méprisant. Lui la contemplait, désolé, humble, comme sur le point de pleurer. Sa main, toujours sur le bras de Roséliane, tremblait davantage encore.

— C'est moi qui ai commencé, tu n'as aucune raison de lui en vouloir.

De façon inattendue, Justin prenait la défense de son frère.

— Ça, c'est la meilleure, ricana Dimitri. Je te l'ai déjà dit, Roséliane, ils sont dingues.

Et, sans l'attendre, Dimitri sauta dans l'eau et se mit à nager en direction de la plage. Il avançait lentement, encore essoufflé par la course. Guillaume le suivait.

Sur le radeau, Roséliane resta encadrée par Simon et Justin. Tous trois étaient désemparés, ne trouvant pas les mots pour exprimer, même confusément, ce qu'ils éprouvaient. Le départ de Dimitri et de Guillaume rendait Roséliane particulièrement vulnérable.

— On ne veut pas que tu nous en veuilles, dit enfin Justin.

— C'était pas grave, ajouta Simon.

Comment leur expliquer ? Roséliane et Dimitri, s'il leur arrivait de se disputer, ne se frappaient jamais. La violence, s'ils en usaient, n'était que verbale.

À quelques mètres du radeau, Guillaume et Dimitri les appelaient. C'est avec soulagement qu'ils renoncèrent à s'expliquer davantage et qu'ils se jetèrent à l'eau.

Sur la plage, les petits et leurs mères les regardèrent sortir de l'eau avec suspicion.

— À quoi avez-vous joué au juste ? demanda Claudie.

— Vous vous êtes battus ! piailla Thomas, son troisième fils.

Julia contemplait Guillaume avec étonnement.

— J'ai cru te voir donner un coup de poing à Simon. Ça ne te ressemble pas. Pourquoi ?

Guillaume parut prendre sur lui, comme si prononcer seulement quelques mots était une épreuve de plus.

— On jouait, c'est tout.

Et il se coucha à plat ventre sur le sable pour bien signifier que le sujet était clos. Sa mère parut se satisfaire de cette réponse et reprit sa lecture, une énorme biographie de Mozart. Claudie en fit autant et seule Pauline continuait à regarder les enfants comme si elle attendait qu'on lui en dise davantage. Roséliane, troublée par l'attention de sa mère, fit comme Guillaume et se coucha à plat ventre sur le sable, la tête enfouie dans ses bras. Restaient Simon et Justin qui se mirent à jouer avec les petits. Et Dimitri. C'est à lui que Pauline, à voix basse, s'adressa.

— Ce n'était pas un jeu?

— Non.

Dimitri, comme cela lui arrivait parfois, se rapprocha de sa mère, de manière qu'elle le prenne dans ses bras, qu'elle le berce. Son besoin de tendresse était alors sans limites. Et son indifférence à ce que pouvaient en penser les autres, totale.

— J'en ai marre, maman. Ils sont trop brutaux. Quand est-ce qu'on s'en va d'ici?

— Dans trois jours. Tu ne te sens pas bien à Mirmer? Tu ne t'es pas fait de copain?

— Non. Ils ne s'intéressent qu'à Roséliane. Et elle, elle est prête à me laisser tomber pour eux, je le sens, je le sais.

— Mais non, elle t'adore, tu le sais bien! Et puis, c'est ta sœur!

— Comme si ça comptait!

Roséliane s'était levée et mêlée aux jeux de Guillaume, Simon et des petits. Il s'agissait de dessiner sur le sable, à l'aide d'algues et de cailloux, le train qui passait au-dessus de la route et que l'on entendait régulièrement siffler.

Pauline tenait toujours Dimitri dans ses bras et lui embrassait le front, les joues, l'épaule. « Tu te fais des idées, tout va bien, mon chéri. » Mais elle sursauta au commentaire moqueur de Claudie.

— Que de câlins! Dimitri n'en a plus l'âge!

— Si! répondit Dimitri avec insolence.

La fin de l'après-midi s'achevait. Les adultes buvaient leurs apéritifs sur la terrasse et les enfants, en attendant leur dîner, restaient avec eux. C'était le moment que leurs parents avaient choisi de leur consacrer chaque jour. Certains d'entre eux lisaient, d'autres discutaient. Simon, par exemple, ne manquait jamais cette occasion de commenter l'actualité politique avec son père. Ils étaient alors aussi sérieux l'un que l'autre. Marc prenait un plaisir visible à expliquer des événements qu'un enfant de dix ans ne devrait pas pouvoir comprendre mais qui passionnaient Simon. Pour Pauline, Roséliane et Dimitri, c'était une situation extraordinaire. Dans leur famille, il y avait les parents d'un côté et les enfants de l'autre : deux groupes bien distincts qui ne communiquaient que sur des sujets ayant trait à la vie quotidienne, au jour le jour.

Julia était la plus réservée. Elle avait ses heures de piano suivies d'une promenade solitaire dans les vignes et si elle aussi se joignait aux autres à l'heure de l'apéritif, elle demeurait le plus souvent silencieuse, comme encore dans sa musique. Seul Justin parvenait à la sortir de son mutisme et même à provoquer son rire. Il s'y employait avec toutes les ruses d'un séducteur précoce, et Julia, charmée, se laissait séduire. Pour se justifier, elle disait que Justin lui rappelait Marc — son frère jumeau adoré — au même âge.

Léonard et Lydia lisaient, jouaient aux cartes. Pauline avait tout de suite compris qu'ils étaient un peu jaloux de sa présence à Mirmer et qu'ils se méfiaient d'elle. Quelqu'un d'autre, à sa place, aurait cherché à leur plaire. Pas Pauline. Le couple ne l'intéressait pas et les séduire était le dernier de ses soucis. Elle avait d'emblée déclaré ne pas aimer les jeux de société et surtout les cartes, ajoutant que son mari avait essayé longtemps de lui en enseigner quelques-uns mais qu'il n'y était jamais parvenu. Marc que rien jamais ne décourageait s'était engagé à lui faire changer d'avis. Pauline avait relevé le pari, moqueuse, sûre d'elle et coquette.

Ce soir-là, Roséliane avait rejoint Claudie dans le hamac et lui posait des questions sur leur vie, à Paris. Claudie se plaisait à lui raconter que les deux couples avaient chacun leur appartement dans le même immeuble de façon à vivre presque ensemble. Chaque garçon avait sa chambre. L'une des pièces, qui n'appartenait à personne, fascina Roséliane : Claudie l'appelait la « chambre des bêtises ». « Tu comprends, disait-elle, si je ne leur laissais pas un lieu à esquinter, ils esquinteraient tout. Là, ils peuvent envoyer des objets se fracasser contre les murs, des encriers par exemple ; s'y insulter les uns les autres par écrit, c'est leur affaire. La seule chose qu'ils n'ont pas le droit de casser, ce sont les carreaux de la fenêtre. Hélas, cela arrive par-

91

fois... » « J'aimerais bien connaître cette chambre aux bêtises », rêvait Roséliane. Elle songeait à la sienne, si peu en désordre, si semblable à tant d'autres. Claudie avait passé un bras autour de sa taille et imaginait à voix haute ce qu'aurait été leur vie si Roséliane avait été sa fille. « Tout l'équilibre aurait été modifié. Mes garçons sont des diables parce qu'ils n'ont pas de sœur mais maintenant que tu es là, je suis sûre qu'ils vont s'améliorer, ne serait-ce que pour te plaire. Car ils t'ont vraiment tous adoptée. Même les petits qui ne savent pas comment te le manifester. »

Installé dans un fauteuil en rotin, son bloc de dessin sur ses genoux, Dimitri dessinait. De l'avis de tous, il était remarquablement doué et ce don était son principal atout, ce qui le différenciait des autres. S'il dessinait souvent des scènes de guerre et de corrida, il privilégiait, dès qu'il était en groupe, la caricature. Tous y passaient, les adultes comme les enfants. Pour l'instant, il dessinait Claudie et Roséliane dans le hamac, la première disant dans une bulle combien c'était merveilleux d'avoir une fille à une Roséliane très ressemblante mais au sourire niais. Guillaume, penché au-dessus de lui, suivait avec admiration son travail. « Ta sœur n'a jamais cet air bête », avait été sa seule critique. Pour lui faire plaisir, Dimitri lui laissa feuilleter son bloc et les rires de Guillaume attirèrent bientôt Julia et Jean-François, puis Marc, Simon et Justin. Tous y allaient de leur commentaire selon qu'ils étaient ou non caricaturés. Mais tous aussi le complimentaient et Dimitri, enchanté d'être au centre de l'intérêt général, s'efforçait mollement de paraître modeste.

Pauline, qui s'était jointe au groupe, ne cherchait pas à dissimuler sa fierté. Elle désignait un détail passé inaperçu, soulignait une ressemblance. Un dessin lui semblait particulièrement réussi. On y voyait Jean-François, installé sur le divan, la pipe à la bouche et lisant *Le Monde*. Autour, ses fils et neveux se battaient à coups de livre, de couteau et autres objets tranchants. Et dans un coin du dessin, tout aussi indifférente que son beau-frère, Claudie rectifiait un bouquet de fleurs. Si Jean-François riait de bon cœur de se voir ainsi caricaturé, Claudie était un peu vexée. « Je ne laisserai jamais mes enfants s'entre-tuer comme ça sans intervenir », disait-elle. Roséliane se souvenait de la « chambre des bêtises » et se promit de tout raconter à son frère. Quel dessin il saurait en tirer !

Après le dîner des enfants dans le garage, que Roséliane et Dimitri trouvaient toujours aussi bruyant et agressif, Guillaume proposa une promenade dans les collines qui n'enthousiasma personne sauf Roséliane.

— Eh bien, nous irons tous les deux, dit placidement Guillaume.

— Ah non ! protesta Simon.

L'idée d'un tête-à-tête entre son cousin et Roséliane lui parut tout à coup si insupportable qu'il s'en inquiéta. « Qu'est-ce qui m'arrive ? » pensa-t-il. Et avec plus d'inquiétude encore : « C'est ça être jaloux ? »

— Je viens avec vous, dit-il sur un ton déterminé.

Il fut imité par Justin qui ne pouvait tolérer que son frère puisse participer à quelque chose dont il serait exclu.

— Et toi, Dimitri ? demanda Guillaume.

Dimitri n'avait aucune envie d'aller se promener, mais que Guillaume tienne compte de lui le toucha et il accepta. Ils franchirent donc le portail et prirent la petite route qui longeait les collines. Roséliane marchait encadrée par Guillaume et Simon. Justin et Dimitri suivaient en se querellant : le premier avait emprunté au second un album des *Pieds Nickelés* et ne le lui avait pas encore rendu. « Tu ne l'as pas perdu au moins », s'alarmait Dimitri. « Mais non. Je ne sais plus où il est, c'est tout », s'énervait Justin. « Je te préviens que si tu ne me le rends pas demain... »

La nuit était chaude et parfumée. On entendait parfois une lointaine musique qui parvenait d'une des rares maisons de la colline. Ils marchèrent un moment puis rebroussèrent chemin et s'assirent sur le muret, devant le garage.

Les adultes dînaient dehors, sous la tonnelle. On entendait des fragments de phrases et des bruits de vaisselle. Sans doute prolongeaient-ils le plaisir d'être ensemble, de boire un dernier verre. Les voix de Marc et Léonard dominaient toutes les autres.

Les enfants sentaient confusément que leurs parents s'amusaient, qu'ils étaient heureux et ce sentiment les rassurait et leur donnait à croire qu'il en serait toujours ainsi.

— Je suis sûr que vous reviendrez l'année prochaine, dit soudain Simon.

— Moi aussi, ajouta Guillaume.

— Moi aussi, répéta Justin.

— Nous aimerions beaucoup, nous aussi, répondit Roséliane en regardant les trois garçons avec tendresse et reconnaissance.

Elle était si émue par cette invitation qui ressemblait à une déclaration d'amour, qu'elle en oubliait Dimitri. Celui-ci fixait un point, au loin, dans le champ d'amandiers.

Soudain se détacha de l'obscurité la silhouette un peu massive de Marc.

— Il me semblait bien entendre des voix. Il est dix heures, l'heure d'aller vous coucher. Mais venez nous dire bonsoir.

Les enfants quittèrent le muret et Marc posa son bras sur les épaules de Roséliane. En la tenant serrée contre lui, il demanda :

— Ça vous va ?

— Ça nous va, répondit le chœur des garçons en les suivant en direction de la terrasse.

Marc chantonnait, en gardant Roséliane contre lui. « Il m'a choisie », pensa-t-elle.

Un instant la pensée de son père la traversa comme un remords. Mais son père l'avait-il jamais enlacée comme le faisait Marc ? Avec cette tendresse ? Cet abandon ? Les rapports de Roséliane et de son père étaient beaucoup plus réservés. Avec son père, elle était encore une petite fille. Avec Marc, durant ce court instant, elle se sentait pour la première fois presque une jeune fille. C'était à la fois délicieux, troublant et un peu effrayant.

Sur la terrasse, à l'abri sous la tonnelle, les adultes finissaient de dîner. Les bougies disposées sur la table éclairaient suffisamment l'ensemble et embellissaient les visages. Tous étaient tournés vers Pauline qui présentait son dessert préféré. Elle pelait délicatement une pêche, la coupait en quelques petits morceaux qu'elle faisait ensuite glisser dans un verre. Puis, elle ajoutait du vin et un peu de sucre en poudre.

— Normalement, cela se fait avec du bordeaux... Mais puisque nous ne disposons que de rosé...

Roséliane et Dimitri échangèrent un regard complice. Ce n'était pas la première fois qu'ils voyaient leur mère se livrer à pareille démonstration. Que ce soit à Caracas ou sur le transatlantique qui reliait la France au Venezuela, elle agissait régulièrement ainsi. Avec toujours le même succès. Et ce soir-là, comme lors d'autres dîners, Claudie, Julia et Jean-François aussitôt l'imitèrent. Pour longuement la féliciter ensuite de ce qu'ils qualifiaient de « divine invention». « S'ils savaient qu'elle ne sait faire que ça », murmura Dimitri à Roséliane que Marc avait abandonnée pour retrouver son fauteuil.

Roséliane eut un petit rire. Elle et son frère savaient que leur mère ignorait tout de la cuisine, qu'elle refusait de s'y mettre et disait parfois par provocation et pour choquer ses interlocuteurs : « Je ne sais même pas faire cuire un œuf. »

Léonard, le teint écarlate, leva son verre en direction des enfants.

— Je propose qu'on leur offre un peu de rosé et que nous trinquions tous à cette belle soirée d'été.

Julia était offusquée.

— Du vin aux enfants ! Tu as trop bu, Léonard, c'est l'heure où tu commences à dire n'importe quoi !

Mais, à la grande surprise de tous, Claudie approuva l'idée.

— Presque rien... Un fond de verre... C'est vrai, c'est une merveilleuse soirée et nous sommes tous réunis et heureux de l'être.

Cinq verres furent apportés et remplis presque à moitié de vin rosé. Les enfants les prirent et les levèrent pour imiter les adultes. Leur gravité contrastait avec la franche gaieté de leurs parents.

— Je bois à la santé de Pauline, Roséliane et Dimitri, dit Marc. À la chance que nous avons eue de nous rencontrer et à cette maison qui est désormais la leur !

Il y eut un brouhaha approbateur, et parents et enfants, avec plus ou moins de rapidité, vidèrent leurs verres.

— Je n'ai pas encore terminé, ajouta Marc. Demain, Roséliane et Dimitri auront leur arbre dans la propriété comme en ont nos sept garçons. Et maintenant au lit, nous les adultes avons à mener notre vie d'adulte !

Dans l'escalier qui menait à l'étage, Roséliane, les pommettes enflammées et les yeux brillants, feignait de tituber. « Je suis pompette », répétait-elle à Dimitri qui avançait droit, une expression indignée sur le visage. Une fois dans leur chambre, il l'écoutait babiller n'importe quoi et quand elle lui demanda les raisons de son silence : « Tu m'énerves ! Si tu savais comme tu m'énerves ! » Et il entra dans son lit sans un regard, tandis qu'elle, médusée par ce qu'elle venait d'entendre et par le ton qu'il avait eu, tardait à faire de même.

Dans le noir, ils continuèrent à se taire mais chacun écoutait la respiration de l'autre. Tout à coup, Dimitri n'y tint plus. Il se leva, rejoignit le lit de sa sœur et la poussa pour qu'elle lui fasse une place. Et collé contre elle, il lui murmura cette phrase qui faisait partie de leur langage secret, si secret que jamais ils ne l'avaient prononcé devant quelqu'un d'autre : « Dormons, Bagheera. Mon cœur est lourd. Fais-moi un oreiller. »

Quand Pauline, à son tour, regagna la chambre, elle s'étonna de les trouver dans le même lit, non pas enlacés, mais collés l'un contre l'autre, sur le côté, la tête de Dimitri reposant sur l'épaule de sa sœur. Il lui sembla qu'ils respiraient d'une seule et même respiration et, impressionnée par cette parfaite intimité, renonça à renvoyer Dimitri dans son lit.

Ce fut un peu avant l'heure où les adultes avaient l'habitude de prendre l'apéritif sur la terrasse que Marc proposa le « partage des arbres ». Parents et enfants se rendirent ensemble dans le champ d'amandiers. « Celui-là, c'est le mien », disait Justin, « et celui-là le mien », ajoutait Simon. « Et le mien », disait un petit. Le ciel était d'un bleu limpide, la chaleur de la journée commençait à s'atténuer. Partout les cigales chantaient et leur tintamarre ajoutait à la bonne humeur générale. Devant les nombreux amandiers non encore attribués, chacun était perplexe.

— Lequel veux-tu, Roséliane ? demandait Marc.

— Je ne sais pas.

— Et toi, Dimitri ?

— Je ne sais pas non plus. Ils sont tous pareils.

Dimitri n'arrivait pas à trouver amusant de se voir attribuer un arbre. L'importance que les autres accordaient à cette cérémonie lui semblait même un peu ridicule et il croyait deviner que sa mère éprouvait des sentiments voisins des siens.

— J'ai une idée, dit soudain Marc.

Il désigna l'immense pin parasol presque centenaire qui s'élevait à quelques mètres des amandiers, sur le chemin de la Ferme.

— Cet arbre, c'est le plus beau de tous. Je propose de l'offrir à Roséliane.

— L'offrir à Roséliane! répéta Claudie, médusée.

— Ce vieux pin appartient à nous tous, protestait Julia. Personne ne doit se l'approprier!

— Et moi, je trouve que c'est une formidable idée. Et je suis sûr que nous les enfants sommes tous d'accord pour l'offrir à Roséliane! déclara Simon avec une impressionnante conviction.

Les petits comme leurs aînés applaudirent pour bien signifier qu'ils soutenaient la proposition de Simon.

Roséliane se sentit devenir écarlate. Elle aurait voulu prononcer une phrase du genre : « Non merci, c'est trop pour moi », mais elle était si émue qu'aucun son ne sortait de sa bouche. Seul un mouvement de la tête qui allait de gauche à droite pouvait indiquer qu'elle refusait.

Les adultes, dans un premier temps stupéfaits par la détermination de leurs enfants, s'étaient tus. Puis, ils se mirent à parler tous en même temps.

— Quel honneur ils te font, ma chérie, dit Marc.

— Nos garçons te font un extraordinaire cadeau,

dit Claudie. Mais comme ils sont tous d'accord, nous devons accepter leur choix.

— Mais il faudra t'en montrer digne, ma petite fille, conclut Jean-François à la fois moqueur et sentencieux.

Tous, maintenant, regardaient Roséliane.

— Alors? C'est d'accord? s'impatientait Simon.

— Oui, dit-elle faiblement.

Et sur un ton à peine plus affirmé :

— Merci, merci à tous.

Parents et enfants, dans un même mouvement, se dirigèrent vers le grand pin parasol et l'entourèrent, surpris par le tintamarre puissant des cigales.

— On dirait qu'il en abrite plus que tous les autres arbres réunis, dit Marc.

Et, à Roséliane :

— Tu peux l'embrasser, il est à toi.

Roséliane posa ses mains sur l'écorce rugueuse de l'arbre, puis ses joues, ses lèvres. « Il est à moi », pensa-t-elle. Et elle eut envie de pleurer de joie, d'émotion, de reconnaissance, elle ne savait plus.

La première branche se trouvait à un mètre à peine du sol, large, solide, encadrée par deux autres. Les suivantes montaient jusqu'au sommet, jusqu'au ciel, pouvait-on croire.

— Et celui de Dimitri?

C'était Pauline.

— Vous oubliez Dimitri, répéta-t-elle, en feignant d'ignorer que son fils, présent à ses côtés, lui murmurait : « Mais je m'en fiche, maman, je m'en fiche. »

— C'est vrai, on était en train de t'oublier, Dimitri. Pardonne-nous.

Julia lui désigna les trois amandiers les plus proches du grand pin parasol.

— Lequel veux-tu ? Celui qui est près de l'arbre de ta sœur ?

« Sûrement pas », pensa rageusement Dimitri. Et parce qu'il fallait bien dire quelque chose, se décider à en choisir un :

— Celui-là.

Il désigna l'amandier qui se trouvait le plus éloigné du pin parasol, satisfait par son esprit d'indépendance, sa façon de se démarquer des autres, de sa sœur. Mais cette satisfaction ne dura pas.

— Ton arbre est juste à côté du mien, dit Justin. Nous voilà voisins.

Et il lui envoya une bourrade amicale que Dimitri feignit d'ignorer.

Les parents s'en allèrent rejoindre la terrasse et les enfants restaient encore là, groupés autour de l'arbre de Roséliane.

— On l'escalade ? proposa Justin.

— C'est l'arbre de Roséliane, c'est elle qui décide, répondit Simon.

— Les trois premières branches sont faciles à atteindre. On doit pouvoir s'y installer très confortablement, de vrais fauteuils, constatait Guillaume.

Et se tournant vers Roséliane :

— Cela fait trois places. Une pour toi et les deux autres pour deux invités. Qui choisis-tu ?

Dimitri suivait cet échange avec irritation. Il trouvait que Guillaume faisait preuve d'une inutile coquetterie, qu'il savait très bien qu'il serait le premier choisi. Il ne se trompait pas.

— Toi, Guillaume, dit Roséliane sans la moindre hésitation.

— Et moi, ajouta aussitôt Justin.

— Non, moi ! protesta Simon.

Roséliane se trouvait très embarrassée.

— Dimitri ? proposa alors Guillaume.

— Dimitri, accepta Roséliane avec soulagement.

Et comme pour se justifier auprès des deux autres :

— C'est mon frère, après tout.

« Je suis ton frère mais c'est Guillaume qui m'a choisi. Et ça, je ne suis pas près de l'oublier, ma vieille », pensa Dimitri.

Mais une fois installé sur la troisième branche, son humeur changea. Il n'était qu'à quelques mètres du sol et le paysage tout entier lui semblait autre. Il voyait Simon et Justin s'éloigner, vexés de ne pas avoir leur place dans l'arbre ; Jean-François sur la terrasse qui lisait *Le Monde* en sirotant son whisky ; la mer derrière le dernier bosquet de pins.

Roséliane et Guillaume, chacun sur leur branche, étaient eux aussi enchantés de ce qu'ils découvraient de la maison, du paysage tout autour. La lumière dorée de la fin du jour donnait à l'ensemble une douceur et une harmonie à laquelle ils étaient sensibles et qui les rendait songeurs.

— On reviendra chez toi tous les jours, dit Guillaume.

— Nous partons après-demain, rappela Roséliane avec une toute petite voix.

Ils se turent, soudain très tristes. Même le paysage avait cessé de les enchanter. Et soudain, sans réfléchir, elle prit dans sa main la main de Guillaume. Pour la lâcher presque aussitôt. Mais lui reprit la sienne et la garda bien serrée.

Une année passa. Si Pauline et Claudie s'écrivaient de temps à autre, les enfants s'envoyèrent quelques cartes postales avec des mots convenus et leur prénom en guise de signature. Grâce aux lettres de leur mère, ils en savaient un peu plus les uns sur les autres. À Paris comme à Caracas, ils avaient leur vie propre et l'été passé, comme le prochain, leur paraissait loin. Quand ils se retrouvèrent, ils comprirent qu'ils n'avaient jamais cessé de penser les uns aux autres mais que tous, pour de mystérieuses raisons, avaient choisi de l'ignorer.

Une lettre de Claudie à Pauline apprit à Roséliane et à Dimitri le grave accident de ski de Justin. Celui-ci, lors d'une compétition sportive — un slalom pour les juniors —, s'était littéralement empalé sur un piquet dont la pointe était allée jusqu'à percer la peau du dos. Une voiture ambulance avait descendu Justin et ses parents dans un hôpital de la vallée. Claudie avait insisté, avec toute l'énergie dont elle était capable, pour que nul n'intervienne avant qu'un médecin ne s'en charge. Par une chance inouïe, le piquet n'avait fait que frôler le foie et les organes vitaux. L'arracher brutalement aurait mis la vie de Justin en danger. Le médecin qui s'en chargea s'y prit de telle sorte qu'il retira le long morceau de bois sans rien effleurer. Il félicita longuement les parents d'avoir empêché toute intervention et Justin qui, tout en pleurant de douleur, voulait dès le lendemain reprendre la compétition.

Une lettre de Pauline à Claudie raconta une expédition dans les contrées sauvages du Venezuela, les arbres géants, les campements, le soir, où l'on dormait dans des hamacs avec, au centre, un feu qui devait brûler toute la nuit pour éloigner les animaux, les plages vierges qui s'étendaient à l'infini, la sécheresse de certaines contrées où les cadavres de vaches mortes de soif se dressaient au bord des pistes comme des fantômes.

Le retour de Pauline et de ses enfants en Europe se fit, comme d'habitude, à la fin du mois de juin. On était en 1961. Après une semaine chez les parents de Pauline, ils en passeraient trois à Mirmer, soit deux de plus que l'année précédente. Leur père, cette fois-là encore, ne pouvait pas les accompagner, tant les charges qui le retenaient à Caracas étaient lourdes. Il espérait toutefois pouvoir les rejoindre à un moment encore indéterminé de l'été. Roséliane, surtout, y tenait beaucoup. Elle aimait de plus en plus ce père souvent absent, toujours distrait, mais dont elle pressentait, malgré ses silences et le peu de temps qu'il avait à lui consacrer, combien il l'aimait aussi. À l'inverse de sa famille, il gagnerait la France en avion, alors que les siens, comme l'exigeait Pauline, voyageraient par mer. Les rejoindrait-il dans le Midi ? À la campagne, chez ses beaux-parents ? Avec la meilleure volonté du monde, à l'avance, il ne le savait pas.

Mirmer qui, durant toute l'année, n'avait été pour Roséliane et Dimitri qu'un souvenir, heureux pour l'une, désagréable pour l'autre, tout d'un coup, redevint bien réel.

Dans la voiture qui les y menait et que Pauline, pieds nus et la cigarette entre les lèvres, conduisait, les enfants éprouvaient des sentiments divers et parfois contradictoires. Pour Dimitri, c'était simple : retrouver les sept garçons et leurs parents représentait une corvée dont il se serait bien passé. Pour se donner du courage, il pensait à Guillaume : lui était différent des autres, lui serait cette fois-là, peut-être, pour de bon, son ami. Avec lui, il voulait bien partager un peu de sa sœur ; avec les autres, non. Rien que l'idée lui était odieuse.

Pour Roséliane, c'était plus confus. Elle se souvenait avec émerveillement combien, à Mirmer, tous l'avaient aimée et fêtée. Elle songeait à son arbre, le grand pin parasol qu'on lui avait offert l'avant-veille de son départ. Et si elle allait les décevoir ? Et si comme les autres, ils ne voyaient plus en elle qu'une fillette de douze ans, sans charme particulier ? Durant l'année qui avait suivi leur séjour à Mirmer, rien ne l'avait distinguée des autres filles de son âge. Seul le lien très fort qui la reliait à Dimitri, leur complicité, lui donnait parfois le sentiment d'exister pour de bon.

Tous deux, assis à l'arrière de la voiture, regardaient défiler le paysage. C'était la fin d'une splendide journée de juillet et il était prévu qu'ils arriveraient à Mirmer à peu près à l'heure du dîner. Pauline conduisait doucement, paresseusement, comme si elle n'était pas pressée d'arriver. Elle allumait une cigarette au mégot de la précédente, sans rien échanger avec ses enfants. Intriguée, Roséliane se demandait si sa mère éprouvait des sentiments proches des siens. Leur séjour de l'année dernière avait été pour elle un moment exceptionnellement heureux ; Pauline d'ordinaire était plus mélancolique, plus absente, moins disposée à échanger quoi que ce soit avec autrui. Mais Roséliane ne pensait pas : « Elle a peur de les décevoir comme moi », mais : « Elle a peur qu'ils la déçoivent et l'ennuient. »

— Tu trouves que j'ai changé en un an ? demanda-t-elle à Dimitri.

Celui-ci ne prit même pas la peine de la regarder. Il ressassait que Justin, l'année passée, lui avait égaré un album des *Pieds Nickelés*. Il se jurait de ne plus jamais rien lui prêter. « Et aux autres non plus », conclut-il avec prudence.

— Non, répondit-il machinalement à sa sœur.

— J'ai grandi de trois centimètres. Mais pour le reste ? Est-ce qu'on change beaucoup en un an ?

Brusquement, il comprit le pourquoi de ses inquiétudes. « Elle pense aux garçons. » Et une sorte de fureur s'empara de lui, avec, tout en même temps, la crainte qu'elle ne s'éloigne, qu'elle ne le néglige au profit des autres. Et il eut ce geste brutal qui ne lui correspondait guère en plaquant ses deux mains sur le buste de sa sœur.

— Côté nichons, y'a pas grand-chose. C'est ça ce que tu espérais ?

— Mais non, protesta Roséliane, indignée.

Elle repoussa avec violence les mains de son frère. Mais elle dut admettre qu'il n'avait pas complètement tort. Il lui avait semblé que l'extrémité de ses seins était autre, un peu plus ronde, peut-être. Elle avait posé la question à sa mère qui l'avait à peine regardée pour conclure : « Rien de nouveau. Les seins, ce sera pour l'année prochaine, peut-être. »

Le panneau qui indiquait Mirmer était toujours là, à l'entrée de la propriété. Pauline engagea la voiture dans le chemin pierreux qui menait à la grande maison. Ils passèrent devant la Ferme, le grand pin parasol que Roséliane entraperçut le cœur battant, les amandiers. Se souvenir qu'il en possédait un irrita Dimitri et il se demanda s'il ne pouvait pas l'échanger contre autre chose. Mais contre quoi ?

Avant même que Pauline n'arrêtât sa voiture devant le garage, parents et enfants accouraient de partout. Pauline éteignit le moteur et descendit.

Marc le premier l'étreignit, puis Claudie, Julia et Jean-François. Après une brève hésitation, Léonard et Lydia firent de même. Du côté des enfants, les retrouvailles étaient plus désordonnées.

Ce furent les plus petits qui se jetèrent sur Roséliane, l'embrassant passionnément comme jamais ils ne l'avaient fait l'année passée. Elle les trouva changés, grandis. Surtout Thomas, le troisième enfant de Marc et de Claudie, que Justin repoussa vite avec un : « Moi, d'abord. » Dimitri, Simon et Guillaume échangeaient des poignées de main, avec une décontraction feinte, comme s'ils étaient déjà des jeunes gens et non des enfants de dix, onze et douze ans. Guillaume et Simon regardaient de biais Roséliane sans s'en approcher et ce fut elle qui, se dégageant de l'étreinte de Justin, alla vers eux. Ils se dévisagèrent tous les trois, hésitants, timides et surpris de l'être. Simon, le premier, se décida. Il tendit sa main à Roséliane puis, se ravisant, voulut l'embrasser. Un baiser maladroit qu'elle lui rendit tout aussi maladroitement. Avec Guillaume, ce ne fut guère mieux. Il lui effleura la joue et se retira avant même qu'elle pût l'embrasser à son tour.

Mais Roséliane n'eut pas le temps d'être déçue. Marc la soulevait de terre, la serrait contre lui, la couvrait de baisers. En riant de joie, il répétait : « J'ai retrouvé ma petite fille. » Et après l'avoir déposée, il l'enlaça et amorça avec elle quelques pas de danse. Puis, il surprit le regard sombre de Dimitri et, délaissant Roséliane, il alla vers lui et l'embrassa affectueusement.

— Ta sœur aura toujours l'avantage sur toi d'être une fille, mais je t'aime tout autant, mon garçon, mon numéro huit.

C'était l'heure du dîner des enfants, mais Marc demanda qu'on la repousse d'un quart d'heure afin que parents et enfants se retrouvent un moment ensemble sur la terrasse.

Roséliane contemplait avec émotion les vignes, le bosquet de pins et la mer éclairée par les derniers rayons de soleil. Un train passa. «J'ai l'impression de rentrer chez moi», pensa-t-elle. Claudie distribuait des verres de whisky aux adultes.

— Pas pour moi, rappelait Pauline.

— Un double, Claudie, un double! Ce que tu me sers là, c'est un baby, protestait Léonard.

Et il arracha la bouteille des mains de Claudie pour se servir comme il l'entendait.

— Léo! protesta doucement Lydia, sa compagne, sans oser en dire plus.

Elle se tourna vers Pauline et presque timidement lui demanda :

— J'aimerais, cet été, faire le portrait de Roséliane.

— S'il est aussi réussi que ceux des enfants de Claudie, je vous l'achète à l'avance.

La suite de leur conversation se perdit dans le brouhaha général car tout le monde parlait en même temps. Les adultes constataient que presque tous les enfants avaient grandi de quelques centimètres; on évoqua l'idée de les mesurer dès le lendemain et de recommencer chaque été. Justin en profita pour tourner la conversation à son avantage.

— C'est moi qui ai le plus grandi ! J'ai un centimètre de moins que Guillaume ! Vous pouvez nous mesurer dès maintenant, si vous voulez.

— Fiche-nous la paix, Justin, dit Claudie. On fera ça demain.

— J'ai bien plus grandi que Simon !

— Justin !

Le ton sévère de Marc suffit pour le faire taire.

Roséliane observa Simon. Il avait le visage défait de quelqu'un qui souffre ou qu'on humilie. Elle constata aussi qu'il n'avait guère grandi et que Dimitri, plus jeune d'un an, avait la même taille. Elle vint vers lui, s'assit à ses côtés dans le large fauteuil en rotin.

— Je suis si contente d'être à nouveau avec vous.

Le visage de Simon se transforma, un peu de bonheur passa dans ses yeux gris pailletés de vert.

— Si tu savais avec quelle impatience on t'attendait, dit-il.

Mais il leur fallut, à eux deux et à Guillaume, tout le dîner avec son désordre habituel pour que la timidité qui les tenait encore sur la défensive se dissipât. Ils n'échangeaient que peu de mots, comme s'ils remettaient à plus tard le moment de se retrouver vraiment. Justin avait le champ libre pour occuper le terrain et il ne s'en priva pas.

— Les parents vous ont aménagé une petite chambre derrière le garage, expliqua-t-il à Roséliane et à Dimitri. Entre les deux lits, il y a juste la place pour mettre un lit de camp. J'aimerais bien dormir avec vous, ça me changerait de mon frère Simon.

— Moi aussi, ajouta Thomas avec l'aplomb nouveau de ses huit ans.

— Et moi aussi, piaillèrent en même temps les trois petits.

Roséliane et Dimitri les contemplaient ahuris sans parvenir à prononcer une parole. Guillaume et Simon se taisaient comme si cette histoire ne les concernait en rien. Ce fut Irina, égale à elle-même, ferme et raisonnable, qui intervint.

— Laissez-leur le temps de s'habituer à la meute infernale que vous êtes, dit-elle. Ils accepteront s'ils en ont envie. Qu'ils aient ce soir, au moins, un peu de tranquillité.

Justin négligea les propos d'Irina et apostropha Roséliane et Dimitri.

— Alors, pour ce soir, c'est oui ? Je dors avec vous ?

— C'est non.

Le ton et l'expression résolue de Dimitri ne désarçonnèrent qu'à moitié Justin.

— Bon. Mais un autre soir, alors ?

— Peut-être... On verra... On a le temps, répondit Roséliane.

Les petits, au bout de la table, applaudirent.

Nicolas, le dernier garçon de Marc et de Claudie, déclara en baffouillant un peu :

— Roséliane, c'est notre reine !

— Vive notre reine ! dit aussitôt Justin de manière à reprendre le contrôle de la situation.

Roséliane devint écarlate. Elle surprit le regard moqueur de Dimitri et, comme lui, jugea cette situation tout à fait ridicule. Oubliant sa timidité habituelle, elle se leva afin que tous la voient et l'entendent.

— Je refuse qu'on me traite de reine, je refuse vraiment. Si vous insistez, je serai très fâchée. Je suis votre amie et...

Elle marqua une légère hésitation.

— ... votre sœur.

Elle se rassit et chercha l'approbation des plus proches. Guillaume lui souriait. Un sourire où se mêlaient étroitement la tendresse et l'admiration. Elle en fut si ravie qu'elle négligea Dimitri. Si elle l'avait regardé, l'expression choquée de son frère lui aurait fait comprendre qu'elle avait commis une erreur en prononçant le mot sœur et que ce mot, elle devait le garder exclusivement pour lui. Mais elle ne le regarda pas et Dimitri se sentit désespérément seul.

— On va voir ton arbre ? proposa Guillaume.

Roséliane accepta et Guillaume, jusque-là réservé, prit sa main dans la sienne. Comme si, tout à coup, il voulait signifier aux autres qu'un lien particulier l'unissait à Roséliane et que ce lien, rien ni personne ne devait le contester. Simon, Justin et Dimitri suivaient.

C'était une très belle nuit de juillet, le ciel était constellé d'étoiles. On entendait les grillons et, du côté de la grande maison, la rumeur des conversations des parents en train de dîner. Dans la pénombre, l'énorme masse que formait le pin parasol était impressionnante. Les amandiers, autour, semblaient de chétives silhouettes et quand Simon, gentiment, désigna à Dimitri le sien, celui-ci n'eut qu'un haussement d'épaules méprisant.

Roséliane lâcha Guillaume et, les bras grands ouverts, enlaça une partie du tronc. Elle colla un instant sa joue contre l'écorce et doucement, comme elle l'avait fait un an auparavant, l'embrassa. Puis, avec facilité, elle se hissa sur la première branche. Les quatre garçons la contemplaient en silence, comme en attente d'une invitation. Voir leurs visages attentifs et sérieux levés vers elle lui donna envie de rire.

— Vous venez ?

Justin fut le premier à la rejoindre tandis que les trois autres hésitaient encore.

— Il y a de la place pour tout le monde !

Presque en même temps Guillaume et Simon grimpèrent. Le premier sur la branche où se trouvaient déjà Roséliane et Justin, et Simon sur l'autre. Restait Dimitri qui ne semblait guère disposé à les rejoindre.

— Dimi ? appela Roséliane.

Quand sa sœur utilisait ce diminutif qui datait de leur petite enfance et qui avait maintenant presque disparu de son vocabulaire, Dimitri en oubliait sur-le-champ ses griefs. Il attrapa la main que lui tendait Guillaume et, à son tour, se retrouva dans l'arbre. Mais pour signifier son indépendance, il s'installa seul sur la troisième branche.

Tous se taisaient, attentifs aux bruits multiples de la nuit, heureux d'être à nouveau ensemble. Seul Justin poursuivait une sorte de bavardage sans s'émouvoir de n'être pas écouté.

Dimitri, le premier, donna quelques signes d'impatience.

— On va rester ici encore longtemps ? J'ai envie de me coucher. Qui me montre ma chambre ?

— On descend, décida Guillaume.

Il sauta à terre aussitôt suivi par Roséliane et Justin. Pour Simon et Dimitri, ce fut un peu plus laborieux, mais ils descendirent à leur tour de l'arbre. Guillaume et Roséliane se reprirent la main et pour Simon qui les regardait, c'était comme s'il ne pouvait plus jamais en être autrement. L'idée que Roséliane lui préférerait toujours Guillaume provoqua en lui une brève mais fulgurante douleur. Mais sa nature volontaire, aussitôt, lui vint en aide : l'attirance de Guillaume et de Roséliane ne durerait peut-être pas, il était tout aussi séduisant que son cousin, rien n'était perdu.

Les garçons accompagnèrent Roséliane et Dimitri jusqu'à la chambre aménagée pour eux dans l'annexe du garage. Elle était petite, pourvue de deux lits, d'une commode et d'un lavabo. La fenêtre, étroite, ouvrait directement sur les vignes. Irina qui les avait entendus venir, les rejoignit.

— Il est plus de dix heures, il faut se coucher, les enfants.

Et elle adressa à Roséliane et à Dimitri quelques mots en russe, qu'ils ne comprirent évidemment pas, ce qui parut la chagriner.

— Vous n'apprenez toujours pas la langue de votre grand-mère maternelle ?

— Non, répondit Roséliane en se sentant vaguement coupable.

— Et vous ne voulez pas l'apprendre ? Je pourrais vous donner quelques leçons.

— On est en vacances, protesta Dimitri.

Irina ne parut pas choquée par son refus. Ses yeux gris étirés vers les tempes exprimaient une compréhension qui semblait aller bien au-delà de ce dont il était question. Elle souriait.

— En français, alors, je vous redis qu'il est temps de se séparer et de se coucher.

Guillaume, Simon et Justin traînèrent un peu puis finirent par obéir. Les baisers qu'ils échangèrent étaient encore hésitants et timides. Roséliane se serra contre Guillaume avec l'envie soudaine mais bien précise qu'il la prenne dans ses bras mais il n'en fit rien.

Une chaise entre les deux lits supportait une

lampe de chevet. Par terre, on avait déposé leur valise. Ils trouvèrent leur pyjama, se déshabillèrent en se tournant le dos et se couchèrent. Roséliane, très vite, éteignit la lampe. Dans l'obscurité, ils écoutèrent les bruits du dehors, bien plus précis que ceux qu'ils entendaient dans leur chambre à l'étage, l'année passée. C'était des bruits qui provenaient de la cuisine et de la terrasse ; des fragments de conversations, des heurts d'objets.

— Quel boucan, râla Dimitri.

Roséliane ne répondit pas. C'était comme si elle sentait vivre la maison et cela, loin de la gêner, s'ajoutait au bien-être qu'elle éprouvait depuis qu'ils étaient arrivés à Mirmer. Elle ne les avait pas déçus, comme elle le craignait. Elle se sentait à nouveau aimée comme nulle part ailleurs.

Les sentiments de Dimitri étaient d'un autre ordre. Certes, on l'avait fêté, on lui avait montré de l'affection, mais, à l'inverse de Roséliane, il ne se sentait pas chez lui. Il se rappelait les paroles de Marc : « Tu es mon huitième garçon. » Des paroles qu'il détestait et qui l'angoissaient. Il éprouvait à l'égard de Marc une méfiance précise même s'il n'était pas sûr qu'elle fût fondée : Marc, de tous, était celui qui était le plus capable de lui voler et sa mère, et sa sœur.

— Roséliane ?

— Dimitri ?

— Rien.

Les lits étaient si proches que leurs mains pouvaient se rencontrer. Le contact avec sa sœur apaisa un peu l'angoisse de Dimitri. Mais une nouvelle crainte l'assaillit.

— Papa devrait être avec nous.

Confusément, Dimitri pensait que son père présent, sa mère et sa sœur seraient protégées ; que personne ne pourrait plus les lui enlever.

— Oui, murmura faiblement Roséliane.

Et avec un sentiment proche de la honte, elle réalisa que, durant toute la journée, pas une seule fois, elle n'avait pensé à lui. Elle serra fort la main de son frère, autant pour se rassurer que pour le consoler. Et sans vraiment y croire :

— Il faudra lui écrire.

Les enfants achevaient de prendre leur petit déjeuner dans le garage quand Claudie fit appeler Roséliane.

Roséliane quitta la table et monta seule à l'étage. Elle cogna à la porte de la chambre de Marc et de Claudie et pénétra dans une pièce immense, inondée de soleil, où chaque objet semblait avoir été choisi avec soin. Une petite terrasse la prolongeait et elle se souvint que leurs mères y prenaient des bains de soleil, nues, à l'abri des regards.

Claudie lisait son courrier, vêtue d'une robe de chambre en soie, pieds nus. Elle embrassa Roséliane et lui désigna un paquet sur le bureau.

— C'est pour toi... Un cadeau.

— Pour moi ?

Elle était si surprise qu'elle hésitait à ouvrir le paquet. Mais l'expression impatiente de Claudie la décida et elle défit les rubans, attaqua le papier et en sortit un maillot de bain une pièce, vert amande, qui faisait penser à un maillot de danseuse.

— Essaie-le, dit Claudie.

Et devant l'hésitation de Roséliane :

— J'ai compris, toujours ta pudeur... Va te déshabiller dans ma salle de bains...

Roséliane passa à côté et se dévêtit avec hâte, pressée de se voir enfin dans un maillot de fille, maillot que Pauline, il y avait de cela peu de temps, lui avait refusé. Son image, reflétée dans le miroir, la surprit au point qu'elle resta quelques secondes à contempler cette mince, longue et jolie fille. Mais Claudie, de la chambre, la réclamait.

— J'avais raison, cela te va à merveille. Ton corps, ton teint et tes cheveux sont mis en valeur. Cela te donne une grâce que tu n'as pas toujours. Et ce vert amande... Marche un peu...

Sans se faire prier, Roséliane fit quelques pas dans la pièce. De se trouver ainsi transformée en jolie fille lui donnait une assurance toute nouvelle, l'envie de plaire, de se faire voir et admirer. C'était si agréable qu'elle en riait de bonheur. À ce moment, on cogna à la porte et Pauline apparut, en kimono, une tasse de thé à la main.

— Je venais bavarder avec toi, dit-elle à Claudie. En ce qui concerne la plage...

Mais elle s'arrêta stupéfaite en découvrant sa fille

debout au milieu de la pièce et qui, sous son regard, redevenait gauche, ne sachant plus quoi dire ni comment se comporter. Il y eut un long silence qui désola Roséliane : sa mère allait lui refuser de porter ce nouveau maillot de bain que déjà elle chérissait tant.

— Qu'est-ce que tu en penses ? intervint Claudie avec naturel. Ça lui va bien, non ?

— Elle est encore un peu petite pour porter ce genre de...

Pauline cherchait ses mots, visiblement contrariée.

— ... maillot une pièce, acheva Claudie. Eh bien, non, regarde la pointe de ses seins... Je suppose que, pour une mère, voir sa petite fille se transformer est troublant. La pensée qu'elle sera une jeune fille, puis une femme, encore plus. Mais il faudra t'y habituer, c'est comme ça. Roséliane va quitter l'enfance...

Pauline avait posé sa tasse de thé sur le bureau et tiré de la poche de son kimono un paquet de cigarettes. Elle prit le temps d'en allumer une en fixant sa fille d'un air critique.

— Bonjour, tout de même, maman, osa dire Roséliane.

Et comme elle ne lui répondait pas :

— Si tu ne veux pas que je porte ce maillot, je ne le porterai pas. Mais...

— Foutaises, l'interrompit Claudie. Il te va très bien et tu as l'âge pour le porter.

Pauline parut faire un effort sur elle-même, chasser de mauvaises pensées. Elle esquissa même une sorte de sourire crispé.

— C'est vrai que ce maillot lui va bien. À force de te voir tous les jours, je ne dois plus me rendre compte que tu changes... Mais tu n'es tout de même qu'une petite fille de douze ans...

Roséliane respirait mieux : la partie était gagnée, elle en était certaine maintenant. Mais, par ruse et par jeu, elle feignit de l'ignorer.

— Qu'est-ce que je fais ? Je le garde ? Je l'enlève ?

— Comme tu veux.

Et à Claudie :

— Je te remercie du cadeau que tu as fait à ma fille. Maintenant, je vous laisse, je vais me préparer.

Claudie attendit qu'elle ait quitté la chambre.

— On revient de loin, ma chérie. Mais ne t'inquiète pas : d'ici un jour ou deux, ta mère ne pourra plus t'envisager autrement qu'avec ce maillot. Quant aux garçons... Ne te montre pas avant la plage... La surprise va être totale...

Mais Roséliane ne l'écoutait plus qu'à moitié. Elle contemplait une photo dans un cadre en argent posé sur le bureau. On y voyait les visages de profil et qui se faisaient face de Claudie et de Simon couchés dans le hamac. Au-delà de leur ressemblance, la photo reflétait une confiance et un amour tels que Roséliane, fascinée, ne pouvait pas la quitter des yeux. Claudie s'en aperçut.

— À l'époque de cette photo, Simon avait quatre ans et c'était un ange, un rêve d'enfant...

Aux alentours de onze heures, ce fut l'habituel entassement dans les voitures. Serrés les uns contre les autres, certains enfants sur les genoux des adultes, tous parlaient en même temps, ouvraient les fenêtres, les refermaient. Claudie, en vain, réclamait un peu de calme. Seule Roséliane se taisait. Elle portait sous sa robe de coton le maillot vert amande. Elle avait en même temps peur et hâte de se montrer. Cela lui donnait un air rêveur qui agaçait Dimitri.

— Tu n'es pas encore réveillée ou quoi ?

Mais aussitôt, il l'oublia pour reprendre avec Justin une dispute commencée au petit déjeuner au sujet de l'album des *Pieds Nickelés* que Justin avait égaré l'année passée et toujours pas retrouvé.

Parce qu'ils avaient quitté Mirmer un peu plus tôt, Claudie et Julia purent se garer facilement. Les portes des voitures s'ouvrirent. Tandis qu'Irina rappelait aux uns et aux autres de s'attendre et de rester groupés pour traverser la route.

— Chiche, lança Simon à Justin. Le premier de l'autre côté a gagné.

Ils se jetèrent au milieu des voitures qui passaient à toute vitesse et dans les deux sens. Certaines freinèrent à temps, risquant de peu un carambolage. Mais, à l'instant où Justin allait rejoindre Simon arrivé le premier, une Peugeot conduite par un père de famille, avec à son bord plusieurs enfants, le heurta et Justin fut projeté sur le bord de la route, presque aux pieds de son frère. La Peugeot et d'autres voitures s'arrêtèrent, provoquant pendant quelques minutes un embouteillage, ponctué de coups de klaxon.

Pauline, arrivée la première, aidait Justin à se relever. Celui-ci était choqué mais n'avait rien de grave, seulement un genou ensanglanté. Sa tête, heureusement, n'avait rien heurté, une femme qui se trouvait là le certifiait. Elle était médecin et put rassurer Claudie et les siens arrivés à leur tour sur les lieux de l'accident : elle écartait le risque d'un traumatisme crânien. Après avoir rapidement examiné Justin, elle affirma qu'aucune articulation n'était atteinte. Seul restait le genou droit déchiré superficiellement, mais qu'il convenait de désinfecter au plus vite. Les petits, regroupés autour d'Irina, en haut de l'escalier qui menait à la plage, pleuraient et gémissaient. Simon, aussi blanc et aussi choqué que son frère, ne cessait de demander pardon à sa mère, à Julia et même à Pauline. Celles-ci reprenaient peu à peu leurs esprits tandis que Roséliane, Dimitri et Guillaume semblaient pétrifiés. Autour, sur la route, la circulation avait repris. Il y eut un bref moment de silence comme si, chacun de son côté, tentait de retrouver une respiration normale, de renouer avec la réalité. Claudie enfin parla, avec une voix si chargée de fureur que cela ressemblait à de la haine.

— Il n'y a pas de mots pour qualifier ce que vous venez de faire. Je ne veux plus vous voir de la journée. Je vous remonte et vous boucle jusqu'à ce soir à la Ferme.

Elle se retourna vers l'ensemble des siens maintenant regroupés près de l'escalier.

— Vous, vous ferez comme d'habitude. Mais je vous interdis d'approcher Simon et Justin jusqu'à ce soir.

Elle saisit Simon par l'épaule, Justin par le bras pour les aider à traverser la route. Justin se plaignait, disait que son genou ensanglanté et couvert de gravillons lui faisait mal.

Claudie le secoua avec férocité.

— Tais-toi! Après la peur que tu nous as faite, j'aimerais que tu souffres bien davantage encore.

Ceux qui restaient descendirent l'escalier en silence. Les petits ne pleuraient plus mais reniflaient bruyamment. Ils ne prirent pas la peine de chercher une place un peu plus à l'écart des autres vacanciers et s'installèrent, indifférents, au bas de l'escalier. Irina et Julia déshabillaient les petits, Pauline étalait les serviettes sur le sable. Roséliane, Guillaume et Dimitri, encore sous le choc, étaient incapables de ne rien entreprendre.

— Ils font souvent ça? demanda Pauline.

— Non, une seule fois l'année dernière, je crois, répondit Julia avec lassitude. Mais ils n'ont jamais été à court d'idées folles et dangereuses... Il y en a a toujours un pour lancer un pari absurde à l'autre.

J'espère que cette fois ils ont compris et qu'ils n'inventeront plus de nouveaux jeux.

Julia regardait ses deux derniers fils qui jouaient sur le sable ; Guillaume, assis entre Roséliane et Dimitri, immobile et silencieux.

— Je ne comprends pas pourquoi Simon et Justin sont tellement infernaux... Quand ils étaient petits et que la jeune fille chargée de les garder les conduisait au square, ils terrorisaient tous les autres enfants. Les mères les voyaient arriver avec angoisse. Les jeux de Simon et Justin étaient souvent inventifs mais toujours brutaux... Quand ils ne se battaient pas entre eux, ils attaquaient les autres...

— Je me souviens d'avoir vu des mères changer de trottoir quand j'arrivais avec eux, ajouta Irina.

— Mais comment c'est possible ? s'étonnait Pauline. Je n'ai jamais eu le moindre problème avec Roséliane et Dimitri. Jamais.

— Ni moi avec Guillaume.

Julia appela son fils pour le prendre à témoin. Celui-ci réagit avec mauvaise humeur.

— On n'est pas obligé de parler de ça toute la journée... Ils ont fait une connerie, ils sont punis, voilà, c'est fini et on n'en parle plus.

Et pour bien signifier à sa mère qu'il n'en dirait pas plus, il se leva pour se débarrasser de son short, de sa chemise et de ses espadrilles. Une fois en maillot de bain, il apostropha Roséliane et Dimitri.

— On ne va pas passer la journée à ressasser ça. Vous venez vous baigner ?

Roséliane, seulement alors, se souvint qu'elle portait sous sa robe le nouveau maillot de bain. Elle se dévêtit lentement, avec des gestes maladroits. Quand enfin elle apparut dans son nouveau maillot vert amande, il lui sembla qu'hormis les petits absorbés par leurs jeux, tout s'arrêtait autour d'elle. Sa mère, Julia et Irina se turent ; Guillaume et Dimitri qui s'apprêtaient à entrer dans l'eau se figèrent. Mais très vite tout le monde parla en même temps pour la complimenter et approuver le choix de Claudie. Même Dimitri, toujours si critique, était impressionné.

— C'est pas la plus moche de la plage, ma sœur.

Et à Guillaume :

— Comment tu la trouves, ton amoureuse ?

Le terme amoureuse fit sursauter Guillaume. Puis, il rougit, puis il se tourna en colère vers Dimitri. Celui-ci, rapide, fit marche arrière.

— D'accord, d'accord, il y a certains mots que je n'utiliserai plus...

Mais pour lui-même, il ajouta : « Peut-être. »

Roséliane, rassurée, s'offrit le luxe de tourner le dos à tous ces compliments et entra dans la mer, immédiatement suivie par Guillaume et Dimitri.

Ils nagèrent jusqu'au radeau et c'était comme si nager effaçait la peur bien réelle qu'ils avaient eue quand ils avaient vu Justin projeté sur le bas-côté de la route. Par une sorte de solidarité instinctive, sans même se concerter, ils se gardaient de critiquer Simon et Justin. Roséliane et son nouveau maillot de bain avaient fait diversion, le temps était beau, ils avaient trois semaines de vacances ensemble devant eux, tout allait bien, tout irait bien.

Sans Simon et sans Justin, la journée s'écoula si différente des autres, que chacun, à sa façon, la qualifia d'étrange. Le grand calme qui régna durant le déjeuner parut même déconcerter Irina ; pas une seule fois elle eut à hausser la voix, les petits étaient obéissants comme jamais ; Roséliane, Guillaume et Dimitri, la plupart du temps, se taisaient. Ils se séparèrent au moment de la sieste. Après, vint l'heure de la leçon de tennis. Simon et Justin étant toujours consignés dans leur chambre, seul Guillaume suivit Marc et Jean-François. Quand ils remontèrent à Mirmer, Guillaume était épuisé mais heureux : la leçon avec le professeur habituel avait consisté en un match à deux et il avait gagné une partie. S'il regrettait que Roséliane et Dimitri ne l'aient pas vu triompher, il ne le dit pas, laissant à son père le soin de raconter son exploit. Cela se passait sur la terrasse où Claudie et Pauline lisaient, savourant la sérénité exceptionnelle de cette fin de journée. D'une fenêtre ouverte à l'étage, on entendait Julia interpréter une sonate de Beethoven.

— Quand elle saura comment tu as joué aujourd'hui, elle sera fière de toi, mon Guillaume, dit Claudie.

— Je crois qu'elle s'en fiche complètement, répondit Guillaume avec calme.

Claudie était choquée.

— Comment peux-tu dire une chose pareille? Elle ne te regarde pas jouer parce qu'elle travaille son piano mais tes progrès l'intéressent beaucoup!

Guillaume souriait, énigmatique, et Claudie se tut, déconcertée. Mais pour Roséliane qui avait suivi cet échange, c'était Guillaume qui avait raison. Elle était très attirée par Julia qui ne ressemblait en rien à sa mère et à Claudie. Toujours très aimable, Julia semblait avoir son monde propre où personne n'était admis. Même présente, une partie d'elle-même demeurait absente. «Julia est une artiste», avait dit un jour Pauline. «C'est comme ça, une artiste?» se demandait Roséliane.

Guillaume prit sa main dans la sienne, comme il le faisait depuis qu'ils s'étaient retrouvés.

— On va dans ton arbre?

Ils quittèrent la terrasse et Dimitri les suivit. C'était la fin de la journée, le grand pin parasol semblait les attendre. Guillaume s'installa sur la première branche, Roséliane sur la deuxième et Dimitri sur la troisième. Les branches étaient si larges et confortables qu'ils pouvaient allonger leurs jambes tout en s'appuyant contre le tronc.

— C'est un arbre où il ne faut pas être plus de trois, dit soudain Guillaume. Cela doit faire partie du règlement.

— Quel règlement? demanda Dimitri.

Guillaume réfléchit quelques secondes.

— Règle numéro un, seule Roséliane a le droit de décider quand on grimpe dans son arbre. Règle numéro deux, trois branches égale trois personnes, sauf cas exceptionnel.

Il s'interrompit à court d'idées. Dimitri aussitôt enchaîna.

— Règle numéro trois, seuls sont admis Roséliane, Guillaume et moi.

— Et les autres ?

— Exclus.

Guillaume eut un petit rire qui signifiait qu'il trouvait l'idée plaisante mais irréalisable.

— Simon et Justin ne seront jamais d'accord. Tu ne les connais pas encore assez bien : ils prendraient l'arbre de force.

Et à Roséliane qui se taisait :

— C'est toi qui chaque fois devras choisir les deux que tu veux dans l'arbre.

— Oh non, c'est impossible, je ne pourrai pas !

— Si, c'est possible, lui souffla Dimitri.

— Tu es d'accord que c'est un arbre pour trois et pas pour cinq ou six ? ajouta Guillaume.

— Oui.

Tout à leur conversation, ils n'avaient pas entendu arriver Thomas, le troisième fils de Marc et de Claudie. Maintenant âgé de huit ans, Thomas cherchait désespérément à quitter le groupe des petits pour s'intégrer à celui des grands. Jusque-là, toutes ses tentatives avaient échoué et il avait pris l'habitude de s'en plaindre à sa mère, ce qui, aux yeux des autres, n'arrangeait rien.

— Je veux aller dans l'arbre, dit-il en montrant un visage résolu.

— On dit l'arbre de Roséliane, répondit Guillaume.

— Je veux monter dans l'arbre de Roséliane.

— Non. Et puis, tu es trop petit, tu ne peux pas atteindre la première branche, dit Dimitri.

— Vous n'avez qu'à me hisser.

— Non.

Thomas était un petit garçon blond avec de grands yeux marron qui devenaient noirs quand il était furieux ; son visage au teint clair alors se marbrait de taches rouges. Des quatre fils de Marc et de Claudie, c'était le plus nerveux. Roséliane le contemplait avec pitié. Elle était prête à intervenir et à plaider en sa faveur quand Thomas, de plus en plus furieux, changea de tactique.

— Je vais tout raconter à maman. Vous serez obligés de me faire monter dans l'arbre et puis... Et puis, vous serez punis !

Les yeux devenus noirs s'emplirent de larmes. Il semblait attendre quelque chose : qu'on lui cède, qu'on ait peur de ses menaces, bref, qu'on tienne compte de lui. Il n'en fut rien. Sur leurs branches, Roséliane, Dimitri et Guillaume, pour des raisons qui n'étaient pas les mêmes et sans s'être concertés une seconde, se taisaient. Thomas, alors, leur tourna le dos et s'enfuit en courant vers la grande maison.

— Il va cafter, c'est sûr, dit Dimitri sur un ton sinistre. Et Claudie risque de nous faire des ennuis. Et puis, les trois derniers réclameront la même chose. Et puis...

— Règle numéro deux, rappela Guillaume, pas plus de trois personnes dans l'arbre. Règle numéro trois, c'est Roséliane qui choisit. Règle numéro quatre, aucun petit. Pour avoir le droit d'être admis, il faut avoir dix ans.

L'heure du dîner arriva sans ramener à table Simon et Justin. Marc, à qui on avait tout raconté, avait choisi de prolonger jusqu'au lendemain la punition. Il leur avait apporté un plateau-repas et les avait à nouveau sermonnés. Pour bien marquer qu'il considérait que la faute commise était une faute grave, il rejoignit le garage où les autres enfants dînaient. Il leur rappela les faits et en vint à ce qu'il voulait particulièrement leur dire.

— Vous jouissez tous, ici, d'une grande liberté. Nous, les adultes, ne nous autorisons pas à intervenir dans vos vies parce que nous considérons que les aînés, en tout cas, sont assez responsables pour savoir ce qu'il faut faire ou ne pas faire. Nous vous faisons confiance, ne nous décevez pas. Vous avez les mêmes droits et les mêmes devoirs que nous et comme nous, les adultes, vous ne devez pas mettre votre vie en danger. Il me reste deux semaines de vacances avant de rentrer à Paris et je n'ai pas l'intention de recommencer ce discours. Aussi j'espère que vous m'avez bien écouté et bien compris. Là-dessus, passez une bonne soirée...

Il s'apprêtait à quitter le garage quand son troisième fils l'appela.

— Papa ?

Thomas s'était levé.

— Ils ne veulent pas que je monte dans l'arbre de Roséliane, dit-il en désignant du doigt Guillaume et Dimitri.

Marc parut hésiter entre la colère et une profonde lassitude. Puis, d'une voix qu'il s'efforçait d'adoucir :

— C'est typiquement un problème que vous devez régler entre vous, sans demander l'aide des adultes. J'essaie de vous donner une éducation qui fera de vous des êtres humains libres et responsables. À huit ans, tu es en mesure de commencer à comprendre. Je compte sur toi, mon petit Thomas.

Guillaume aimait marcher, la nuit, au bas des collines. Il préférait ces promenades à toutes sortes de jeux, aux conversations, à la lecture. Il lui semblait naturel que Roséliane partageât ses goûts et pas une seconde il ne lui était venu à l'idée que, en réalité, il l'initiait à quelque chose qu'elle n'avait jamais pratiqué auparavant. Lui qui ne parlait pas beaucoup durant la journée se laissait aller à plus d'intimité : il évoquait la nature qu'il chérissait et son ennui, en ville, durant l'année scolaire. Ou bien, souvent, il se taisait. Roséliane était très sensible aux silences de Guillaume. Des silences qui ne l'excluaient pas et, en se taisant aussi, il lui semblait qu'ils partageaient la même chose. Cela était aussi naturel que de se tenir par la main et de marcher d'un même pas.

Ce soir-là, Dimitri avançait à droite de Roséliane et se sentait bien en sa compagnie et celle de Guillaume. L'absence de Simon et de Justin lui convenait parfaitement. Comme dans l'arbre, il pensait : « On est mieux à trois qu'à cinq. » Cela le rendait d'humeur bavarde.

— À Caracas, on s'amuse toute l'année. Le Colegio Francia est formidable. C'est mixte, nos professeurs sont de jeunes prêtres, tous les élèves ont deux ou trois ans de retard et tout le monde s'en fiche. On va à la piscine ou en excursion au bord de la mer... Il y a des révolutions et durant quelques jours on est bouclé chez soi. Alors, nos études...

Guillaume l'écoutait avec attention.

— Vous avez bien de la chance. Chez nous, il faut être les meilleurs tout le temps. Mes parents ont déjà décidé que je ferai médecine et que je serai un grand médecin comme mon père, mon grand-père et mon arrière-grand-père.

Roséliane sentait de la tristesse dans sa voix.

— Cela n'a pas l'air de te plaire.

— Cela me fait horreur à l'avance !

Et parce qu'il se sentait en confiance :

— Ce que j'aimerais, c'est vivre ici, ou ailleurs, à la campagne... M'occuper d'une propriété, de vignes, d'arbres fruitiers... Mes parents refuseront, bien entendu.

Sur la droite de la route, un chemin pierreux montait dans la colline.

— Il doit conduire à une villa, dit Guillaume. Je n'y suis jamais allé. On va voir ?

Ils quittèrent la route et s'engagèrent dans le chemin bordé, de chaque côté, d'une multitude de pins. De temps en temps, Guillaume allumait sa lampe de poche et la dirigeait devant lui, entre les pins. Les grillons y faisaient un tintamarre tel qu'ils cessèrent de parler, comme impressionnés. Le chemin montait, très raide, avec quelques tournants. Plus ils avançaient, plus chacun, à des degrés divers, commençait à s'effrayer. Et s'ils étaient entrés par effraction dans une propriété privée ? Et s'ils débouchaient chez des propriétaires hargneux qui lâcheraient sur eux une meute de chiens enragés ? Guillaume allait traduire à haute voix ces sensations communes quand le chemin aboutit à un portail en bois, à demi ouvert. Derrière, il y avait une prairie desséchée et une maison aux volets fermés d'où ne filtrait aucune lumière.

— Même pas un chien pour monter la garde, remarqua Dimitri.

Tout à coup intrépide, il poussa le portail et pénétra le premier dans la propriété. Après le chemin étroit, bordé de pins, ils se trouvaient dans une clairière vide et le ciel leur parut immense, constellé d'étoiles comme jamais. Ils firent quelques pas en direction de la maison dans un silence que ne troublaient même plus les chants lointains des grillons.

La maison avait un étage et ne ressemblait pas aux habituelles maisons provençales. Elle semblait abandonnée quoique en bon état. Ils en firent le tour puis finirent par s'asseoir sur les marches du perron. Guillaume, parfois, dirigeait le faisceau de sa lampe de poche sur un détail de la façade. Sur la gauche, il éclaira un buisson de cactus et d'aloès.

— On est bien ici, murmura Roséliane. C'est la maison de la Belle au bois dormant.

— Moi, je m'ennuie déjà, dit Dimitri.

— De toutes les façons, il est dix heures passées, il faut rentrer.

Guillaume se leva, imité par les deux autres qu'il entraîna à sa suite vers le buisson de cactus et d'aloès. Certaines plantes étaient mortes, mais beaucoup vivaient. Quelques-unes étaient presque aussi grandes que lui. En les examinant avec sa lampe de poche, il éclaira les nombreux prénoms gravés dans les feuilles, parfois entourés d'un cœur ou suivis d'une date.

— On y grave les nôtres ? proposa-t-il.

— Ah non, c'est trop bête, refusa Dimitri.

Guillaume se retourna vers Roséliane qui l'approuva d'un hochement de tête. Alors, il sortit de la poche de son pantalon son précieux canif suisse et, soigneusement, inscrivit son prénom, celui de Roséliane et la date : 11 juillet 1961.

Ils regagnèrent la maison avec l'espoir de ne rencontrer personne : sans s'en rendre compte, ils avaient largement dépassé l'heure autorisée. Ils firent attention en ouvrant et refermant le portail qui, heureusement, ne grinçait pas ; marchèrent doucement sur le gravier et se séparèrent sans échanger un mot. De leur petite chambre, Roséliane et Dimitri entendaient une rumeur joyeuse qui provenait de la terrasse où les adultes prolongeaient leur soirée : pour eux, l'heure n'existait pas.

Le lendemain matin, au petit déjeuner, il fut bien sûr question de la punition de Simon et de Justin. Pour une fois d'accord, les deux frères feignirent de n'en avoir pas souffert et d'avoir occupé très agréablement leur temps. Justin prétendit s'être exercé si longtemps au billard qu'il en était devenu un as. Il lança un défi à Guillaume qui accepta sans enthousiasme et sans en fixer la date. Simon, lui, avait déterminé le plan de la pièce de théâtre qu'il s'apprêtait à écrire. Il fut heureux de voir que cela semblait intéresser Roséliane, sa voisine de table.

— De quoi ça parle ?

— De Napoléon et de la naissance de l'Aiglon. Toi, tu joueras Marie-Louise et moi l'Aiglon et Napoléon en même temps.

Simon choisit de ne pas tenir compte du rire moqueur de Dimitri car il attendait un commentaire de Roséliane. Celui-ci ne vint pas et il en fut décontenancé.

— Ça ne t'intéresse pas ?

— Je ne sais pas, c'est un peu vague.

— On te verrait accoucher sur scène de l'Aiglon, c'est-à-dire moi.

— Ah non, pas ça !

Le rire de Dimitri redoubla, aussitôt prolongé par ceux de Guillaume et de Justin.

— Je n'accoucherai jamais sur scène, décréta Roséliane avec un tel sérieux que les rires se transformèrent en fous rires.

Le visage de Simon se contracta de colère. Les rieurs étaient devenus des ennemis qu'il tentait de faire taire en les fixant avec un mépris, croyait-il, impressionnant. Roséliane ne savait comment se comporter. Il lui semblait que son frère et ses amis se moquaient autant d'elle que de Simon et elle lui en voulait : en quelque sorte, c'était comme s'il l'avait compromise.

— Rira bien qui rira le dernier, dit Simon. Je vais passer toutes mes siestes à l'écrire et quand je l'aurai terminée et que je vous la lirai, vous vous traînerez à mes pieds pour jouer dedans.

Son air emphatique et le visage boudeur de Roséliane suffirent pour relancer les rires qui commençaient à se calmer. Cela gagna même les petits qui, sans savoir de quoi il s'agissait, voulurent participer à l'hilarité générale. Hilarité qui peu à peu cessa et dont Irina profita.

Tournée vers Simon, ayant l'air de ne s'adresser qu'à lui alors que ce qu'elle avait à dire concernait toute la tablée, elle commença ainsi :

— Ne te laisse pas impressionner, Simon, mon chéri, par ces rires idiots. Intellectuellement, tu es très en avance sur eux...

Elle pointa un doigt dans la direction de Guillaume.

— ... Même sur toi, Guillaume, qui es son aîné et qui ne dois lire un livre qu'une fois tous les six mois... Si j'étais toi, je respecterais chez Simon toutes ces qualités qu'il a et que tu n'as pas, même si tu en as d'autres dans d'autres domaines...

Son regard gris revint se poser sur Simon, tendre et confiant.

— Moi, je crois en ton talent et je t'encourage vivement à utiliser les heures de sieste pour écrire ta pièce. Protège-toi d'eux en ne leur parlant de rien. Et ce sera eux les plus embêtés quand tu nous liras ta pièce terminée.

Simon souriait, heureux, tandis que les autres, calmés par les propos d'Irina, vaguement coupables, se mirent à parler, tennis, plage et parties de billard. Seule Roséliane demeurait inquiète. Elle devrait donc accoucher de Simon sur scène ? Cette idée la révoltait et elle en voulait à Simon de l'avoir eue et exposée à tous.

Quand un enfant avait commis une faute et qu'il avait été puni, les adultes, après, n'en parlaient plus. Entre l'entassement désordonné dans les voitures et l'arrivée à la plage, aucune allusion ne fut faite sur ce qui avait eu lieu la veille. On traversa, groupés, la route, on descendit l'escalier les uns derrière les autres et on laissa à Claudie le soin de choisir leur coin de plage. Puis ce fut l'habituel étalage des serviettes sur le sable, les vêtements qu'on enlève. Roséliane dans son maillot vert amande, à nouveau, fit sensation. Justin l'applaudit tandis que Simon la contemplait avec une expression émerveillée.

Il avait toujours cette expression tandis qu'il nageait à ses côtés et encore après, sur le radeau. Au début satisfaite puis, parce que selon elle, cela durait trop, Roséliane en devint si irritée qu'elle feignit de l'ignorer et de ne s'intéresser qu'aux autres. Les propos les plus anodins de Justin la faisaient rire aux éclats. Simon comprit alors que, pour des raisons qu'il ignorait, elle avait choisi de l'exclure. Ses yeux perdirent tout leur éclat et une expression douloureuse envahit son visage. S'il avait été plus attentif aux autres au lieu de ne contempler que Roséliane, il aurait perçu l'agacement de Dimitri. Ce dernier jugeait sévèrement le bavardage incessant de Justin et les rires de sa sœur. Quant à Guillaume, il somnolait couché sur le ventre, indifférent. Simon était partagé entre une souffrance bien réelle et une rage qui lui donnait envie de l'insulter grossièrement. Mais il savait que ses colères pouvaient l'entraîner très loin et plutôt que risquer de se brouiller avec Roséliane, il choisit, sans rien dire à personne, de retourner à l'eau et de nager vers la plage. Dimitri l'imita et vint nager à ses côtés.

— Ton frère est insupportable, dit-il. Parfois, à Caracas, je pensais à lui et je m'énervais tout seul.

— En tout cas, ta sœur est très sensible à son charme...

— Ma sœur, parfois, est une vraie conne. Je ne laisserai jamais quelqu'un dire ça d'elle sans lui rentrer dedans, mais moi qui suis son frère, je peux le dire : sur le radeau, c'était une conne, une vraie et sale conne. Vous êtes tous à l'idolâtrer, à la considérer comme la huitième merveille du monde, mais elle peut être, comme n'importe qui, une conne.

De l'entendre insulter Roséliane faisait un bien immense à Simon. Sa colère s'en allait aussi vite qu'elle était venue et il cessa sur-le-champ de lui en vouloir.

— Beaucoup de gens sont sensibles au numéro de Justin, dit-il.

— Pas moi.

Simon avait maintenant un sourire heureux qu'accentua le passage d'un train dans la direction de Marseille.

— Le Nice-Marseille, il est midi vingt.

Il aurait été bien incapable de s'en expliquer mais regarder filer un train tout en nageant le rendait euphorique.

Ils regagnèrent la plage où ils furent bientôt rejoints par Roséliane, Guillaume et Justin. Roséliane avait remarqué le départ précipité de Simon et se doutait qu'elle devait y être pour quelque chose. Elle s'en voulut de sa conduite et, tout en nageant vers le rivage, se promit d'être aimable, voire affectueuse. D'ailleurs, qu'avait-elle à lui reprocher? C'était plus mystérieux que le projet de théâtre annoncé au petit déjeuner. Elle sentait qu'il y avait autre chose chez lui qui la heurtait et qui pouvait la rendre agressive. Mais quoi? En sortant de l'eau, le plaisir de s'allonger sur le sable, au soleil, au centre de cette nichée d'enfants, fut plus fort que tout et elle oublia ses interrogations à propos de Simon.

Les deux petits frères de Guillaume barbotaient dans leurs bouées, surveillés par Irina. Nicolas, le troisième frère de Simon, vint se coller à Roséliane en quête d'un câlin.

Le groupe était au complet à l'exception de Claudie et de Thomas partis nager de leur côté. Ils apparurent au moment où Irina séchait les petits et où chacun se préparait à quitter la plage. Claudie interpella les cinq aînés, sans perdre une seconde, en enfilant sa robe en tissu-éponge sur son maillot mouillé.

— J'aimerais désormais que Thomas intègre davantage votre groupe, dit-elle. Il le souhaite, il a huit ans, l'âge de passer dans le clan des grands.

— Maman..., protesta Simon.

Aucun des cinq ne désirait la présence de Thomas. Cela se lisait sur leur visage pareillement buté, dans leur absence de réaction. Thomas, fort de l'appui de sa mère, les contemplait avec défi, sûr qu'ils céderaient et l'introduiraient dans leur groupe. Claudie fit celle qui ne remarquait rien et poursuivit.

— Thomas nage très bien. Demain, vous l'emmènerez avec vous au radeau. Il peut tout à fait vous suivre et, s'il peine un peu sur la distance, Simon ou Guillaume, vous êtes chargés de l'attendre.

— Papa nous a expliqué hier soir que c'était exactement le genre de problème à régler entre nous, sans l'intervention des parents, dit Justin avec une attitude insolente qui choqua sa mère.

— Tu n'es pas obligé de me parler sur ce ton-là !

— Papa s'est exprimé très clairement sur ce sujet et à propos de Thomas, justement !

Ils étaient tous en train de monter l'escalier. Claudie s'arrêta et se retourna vers Justin, trois marches plus bas.

— Ton père et moi avons parfois des avis opposés en ce qui vous concerne. Je souhaite, moi, que Thomas intègre davantage votre groupe.

Elle appela Roséliane qui fermait la marche avec Guillaume.

— Tu es une fille, tu es donc plus raisonnable et plus sensible : je compte sur toi, ma chérie.

Roséliane était accablée par cette responsabilité et eut un bref coup d'œil vers les autres : tous affichaient une mine consternée. « Les ennuis commencent », pronostiqua Guillaume sur un ton sinistre.

Ils commencèrent, en effet, le jour même, durant la quotidienne leçon de tennis de Guillaume, Simon et Justin. Thomas vint trouver Roséliane qui, installée dans un fauteuil en rotin qu'elle avait traîné sous la fenêtre de Julia, l'écoutait jouer du piano. Elle n'avait aucune idée de ce que Julia interprétait, elle ne connaissait rien à la musique, mais elle était sous le charme, émue comme elle ne l'avait jamais été auparavant.

— Je veux aller avec toi dans ton arbre.

Thomas était planté devant elle avec l'air résolu et brutal d'un boxeur sur le point de commencer un match. Elle se souvenait du petit garçon effacé de l'année dernière : celui-là n'avait plus rien à voir avec l'autre.

— Pas maintenant, j'écoute Julia.

— Maintenant.

De le voir aussi buté l'encouragea à le devenir aussi.

— Non. Si tu veux absolument y aller, vas-y tout seul.

— Je suis trop petit, tu dois m'aider.

Roséliane, alors, se souvint du règlement établi par Guillaume et le lui expliqua. Une discussion commença. Thomas, de plus en plus furieux, en criait presque. À l'étage, le piano s'arrêta et Julia apparut dans l'encadrement de la fenêtre.

— Vous ne pouvez pas aller vous disputer ailleurs ?

Roséliane fut la plus vive.

— Je me suis installée dans ce fauteuil pour

145

mieux vous... t'écouter. C'est lui qui est venu m'embêter.

Thomas se mit à protester d'une voix aiguë, mais Julia semblait ne pas l'entendre. Elle regardait Roséliane d'un air songeur.

— Tu m'écoutais... Et tu aimais ça ?

— Oh oui !

Thomas parlait toujours sans que personne ne l'écoute. Julia parce qu'elle réfléchissait, Roséliane parce qu'elle espérait, le cœur battant, que Julia l'invite auprès d'elle.

— Veux-tu monter m'écouter dans ma chambre ? dit enfin Julia. Cela te ferait plaisir ?

Roséliane, déjà, était debout et montait en courant l'escalier.

— Entre, lui dit Julia dès qu'elle eut cogné à la porte.

Roséliane découvrit une petite pièce austère, meublée d'un piano, d'un tabouret et d'un sofa. Ce n'était pas la chambre du couple comme elle l'imaginait. La chambre devait se trouver ailleurs, sur le palier. Julia se retourna et eut un demi-sourire.

— Fais-toi toute petite sur le sofa de façon que j'oublie que j'ai une auditrice... J'en ai encore pour une demi-heure.

Elle lui tourna le dos et se remit à jouer. Roséliane était si émue d'être là, elle se sentait si privilégiée, que si elle l'avait pu, elle se serait empêchée de respirer afin de ne pas gêner Julia. Elle fixait les mouvements du dos, des épaules, l'ondulation du cou, les mains brunies par le soleil sur les touches blanches du piano. Puis elle ferma les yeux et il lui sembla qu'elle entendait encore mieux la musique.

Roséliane était tellement absorbée qu'il fallut que Julia cesse de jouer pour entendre que plusieurs voix criaient son nom. Les garçons étaient revenus du tennis et, après l'avoir cherchée, l'appelaient.

Julia referma le couvercle du piano et quitta son tabouret.

— De toutes les façons, j'allais m'arrêter, dit-elle gentiment en découvrant l'embarras visible de Roséliane. Tu as été une auditrice parfaite... Tu reviendras. Mais de temps en temps seulement, ça ne doit pas devenir une habitude...

La rumeur d'une discussion furieuse sur la terrasse leur parvint dès l'escalier. Julia décida aussitôt de rebrousser chemin et de gagner sa chambre.

— Je descendrai quand le niveau sonore aura baissé, dit-elle à Roséliane. Mais si tu as un certain pouvoir sur eux, demande-leur de se taire avant que Marc ou Jean-François ne s'en mêlent.

Roséliane traversa le salon et, sans trop savoir pourquoi, voulut retarder son apparition. Elle se dissimula dans les plis du rideau de la porte-fenêtre et put suivre sans être vue ce qui se passait dehors.

Dimitri, assis un peu à l'écart dans un fauteuil, dessinait. Les autres étaient debout sur la terrasse, au bord des vignes. Parfois Guillaume réclamait l'avis de Dimitri qui, toujours, l'approuvait. Roséliane ne tarda pas à comprendre de quoi il s'agissait :

son arbre et plus précisément du règlement établi la veille par Guillaume. Tenus à l'écart pour cause de punition, Simon et Justin n'étaient pas du tout d'accord. Sautillant autour d'eux, Thomas ne cessait de répéter qu'il avait autant de droits que les autres.

C'était l'heure de l'apéritif, l'heure où parents et enfants se regroupaient, l'heure du whisky.

— À quoi tu joues ?

Jean-François était entré dans le salon et venait de découvrir Roséliane dans les plis du rideau. Claudie, Pauline et Marc le suivaient. Roséliane sortit de sa cachette tandis que, dehors, les cris des garçons continuaient de plus belle.

— On dirait que ça chauffe, chez les enfants, dit encore Jean-François.

Les garçons découvrirent en même temps la présence de leurs parents et celle de Roséliane. Ils foncèrent tous sur elle pour lui demander d'où elle venait, pourquoi elle n'avait pas répondu à leurs appels. Seul et apparemment indifférent, Dimitri continuait de dessiner. Les adultes se servaient à boire et s'asseyaient en tentant vaguement de comprendre de quoi il retournait, ce qui se passait.

— Je ne suis pas d'accord avec ce règlement, disait Simon, car il privilégiera toujours Guillaume et ton frère.

— Ou moi qui suis le plus sympathique, le préféré, plaisantait Justin.

— Ou bien vous nous dites de quoi il s'agit, ou

vous allez poursuivre cette dispute ailleurs, loin de nos oreilles, dit Jean-François.

Guillaume, le premier, réagit avec un sang-froid que Roséliane jugea exceptionnel.

— Il ne se passe rien. Pardon pour ce boucan. On s'en va.

Ses cousins, unis dans leur désir de ne pas mêler les adultes à leur vie propre, approuvèrent aussitôt. Seul le petit Thomas bafouillait une confuse histoire où il était question d'arbre, de règlement et de cruauté à son égard. Les adultes crurent comprendre enfin de quoi il était question et s'apprêtaient à donner leur avis. Mais Marc les devança.

— Nous n'avons pas à arbitrer vos problèmes. Réglez ça entre vous, en essayant d'être généreux les uns avec les autres.

— Mais Thomas est trop petit pour se défendre tout seul, protesta Claudie, soutenue par Pauline.

— S'il est trop petit, qu'il reste avec les petits. Sinon, c'est à lui de se faire accepter par les grands. Ce n'est pas en venant se plaindre afin que nous l'imposions de force que ça peut marcher entre eux.

Jean-François se mit à tousser. Une toux feinte et suffisamment prolongée pour attirer l'attention de tous.

— Je peux lire mon journal tranquille ? demanda-t-il.

— Tu pourrais nous aider en donnant ton avis, lui reprocha Claudie.

— Ma petite belle-sœur adorée, c'est heure de la

journée que je préfère, celle où je savoure mon whisky, ma pipe et mon journal, et je ne tiens pas à ce que vous me la gâchiez. Guillaume, conduis tes troupes ailleurs et, pour l'amour de Dieu, laissez-nous en dehors de vos fichues histoires d'arbre.

Les enfants s'empressèrent d'obéir, trop contents d'éviter une plus longue confrontation avec leurs parents. Seul Thomas, qui avait trouvé refuge sur les genoux de Pauline, continuait de se plaindre. Marc et Claudie sortirent sur la terrasse pour poursuivre leur conversation.

— Ils ne sont pas d'accord sur notre éducation, dit Justin. On va dans l'arbre de Roséliane? D'accord pour le règlement mais je suis le premier invité avec Guillaume.

— Et pourquoi toi et pas moi? protesta Simon, tout de suite en colère.

Justin posa son bras autour des épaules de Roséliane, frotta sa tête contre la sienne, imitant ainsi un petit chat, un petit chien, on ne savait pas. Mais cela fit rire Roséliane et, charmeur, il en profita.

— Parce que Roséliane est contente de m'avoir à ses côtés... Parce que je vais me donner beaucoup de mal pour être son préféré... Parce que je le suis déjà...

Et de fait, même si Roséliane était consciente que Justin exerçait sur elle son numéro de charme habituel, celui qu'il utilisait dès qu'il désirait quelque chose, elle lui céda.

Simon était blanc de rage.

— Le prochain invité, alors, c'est moi.

— Le règlement n'implique pas qu'il y ait un roulement obligatoire, répondit Justin, très sûr de lui maintenant. N'est-ce pas, Roséliane?

Celle-ci regarda tour à tour les visages des deux frères. Celui de Simon, fermé, très pâle et celui de Justin, joyeux et charmant. Comment ne pas préférer le dernier? Mais répondre à la question était au-dessus de ses forces. Elle se tourna vers Guillaume pour qu'il lui vienne en aide. Ce qu'il fit sans hésiter.

— Aucun roulement. C'est chaque fois Roséliane qui choisit.

Et le premier, il grimpa dans le grand pin parasol, suivi par Justin. Roséliane hésitait à les rejoindre.

— Vous n'êtes pas fâchés? demanda-t-elle maladroitement à Simon et à Dimitri.

Et comme aucun des deux ne lui répondit, elle se décida, à son tour, à regagner sa branche.

Simon et Dimitri demeuraient indécis.

— On dirait trois singes, dit Dimitri pour se venger.

Cette remarque détendit Simon et lui donna une idée.

— Il nous reste une demi-heure avant le dîner. Veux-tu que je te montre quelques coups au billard? Quelques-unes de mes bottes secrètes que même Guillaume ignore?

Et ils s'en allèrent vers la Ferme sans plus s'occuper des trois autres dans les branches.

Le grand pin parasol provoqua presque chaque fois des problèmes. S'il était admis une fois pour toutes que deux branches revenaient d'office à Roséliane et à Guillaume, restait la troisième, occupée le plus souvent par Justin, plus malin, plus habile à leur plaire. « Le couple royal et son bouffon », ricanait Simon que cette situation rendait de plus en plus agressif. Dimitri, de son côté, souffrait de l'importance que semblait prendre Justin auprès de sa sœur. Il se sentait délaissé dans la journée et, de fait, il l'était. Il ne se plaignait pas, ne réclamait rien : il se vengeait dans des dessins qui faisaient rire tout le monde. Le soir, avant de s'endormir, il avait le sentiment rassurant de la retrouver, d'être son seul et unique frère.

Mais hormis ce problème bien précis, quelques rivalités et quelques disputes qui ne duraient jamais longtemps, les cinq enfants s'aimaient plus profondément que l'année précédente. Ils étaient presque toujours ensemble, sauf à l'heure de la sieste où

Roséliane posait pour Lydia et où Simon s'enfermait pour écrire sa pièce de théâtre à propos de laquelle il ne disait plus rien. Pour ne pas trop mécontenter Claudie, ils acceptaient, de loin en loin, le petit Thomas parmi eux. Mais ce n'était jamais assez pour Thomas qui continuait à se plaindre auprès des adultes. Lesquels commençaient à se lasser.

Un soir, à l'heure de l'apéritif, Marc eut l'idée de donner une réception pour fêter l'anniversaire de son mariage avec Claudie. On inviterait les voisins, les amis, quelques connaissances.

— Un cocktail alors, dit Claudie. Pas un dîner.

— Va pour un cocktail, admit Marc. Les garçons et Roséliane seront embauchés pour servir.

Très excités par ce projet, ils commencèrent à dresser des listes. Julia prenait des notes. Pauline, un court instant, fit semblant de participer à l'effervescence générale, puis y renonça. En cherchant dans ses poches son paquet de cigarettes, elle trouva une carte postale.

— Roséliane! Dimitri!

Elle leur tendit la carte postale.

— C'est de votre père. Elle est arrivée ce matin. Je pensais vous la donner et puis j'ai oublié.

La carte postale en noir et blanc représentait un groupe d'alligators qui quittaient le rivage pour regagner l'eau d'un fleuve.

— Papa se souvient que j'adore les alligators, dit Dimitri avec fierté.

Roséliane retourna la carte et lut :

— « Roséliane, ma jolie chérie, Dimitri, mon petit garçon, je m'ennuie de vous et la maison est bien triste. Heureusement, je compte pouvoir vous rejoindre début août. On prendra une voiture et on ira avec votre mère, à l'aventure, dans les Alpes ou le Jura... Qu'en pensez-vous ? Me donner votre avis serait l'occasion de m'écrire, ce que vous ne faites pas souvent. Je vous serre vous et votre mère sur mon cœur et vous embrasse avec tout mon amour. »

— Tu l'as lue, maman ? demanda Dimitri.

— Oui. Ça ne me plaît pas trop cette histoire d'aller à l'aventure dans les Alpes ou le Jura. À l'aventure de quoi, d'abord ?

Derrière ses paroles transparaissait une agressivité larvée que les enfants perçurent différemment.

— Mais c'est très bien les Alpes ou le Jura ! protesta Dimitri. On ne connaît pas la montagne !

Roséliane, la carte postale toujours à la main, s'assit un peu à l'écart, au bout de la terrasse, ses jambes pendant au-dessus des vignes. Elle se sentait troublée, presque malheureuse. La tendresse de son père et l'hostilité qu'elle avait perçue dans les paroles de sa mère se mélangeaient avec ce sentiment de culpabilité qui la traversait parfois depuis qu'elle était à Mirmer. Car de cela, elle était sûre : à Mirmer, elle ne pensait que très rarement à lui et, pis encore, il ne lui manquait pas. Son visage, sans qu'elle s'en doute, devait exprimer une réelle tristesse, car Guillaume, qui l'avait vue s'éloigner et l'avait suivie, s'assit à ses côtés et, tout doucement, lui demanda ce qui n'allait pas.

— C'est papa... Il me manque.

Roséliane, à ce moment précis, disait la vérité. Elle l'imaginait seul dans l'appartement déserté et cela lui causait de la peine.

— Je comprends, dit Guillaume. Tu n'en parles jamais.

— Tu ne me parles pas de ton père, non plus.

— Mais il est là, lui.

— C'est vrai.

Puis ils se turent et regardèrent les vignes, la mer au loin. Dans leur dos, sur la terrasse et au salon, adultes et enfants bavardaient. La lumière du jour baissait sensiblement, Maria mettait la table et on avait allumé les premières bougies.

Roséliane, perdue dans ses pensées, n'écoutait que très vaguement ce qui se disait. Mais quand elle entendit Jean-François, installé dans son fauteuil, pas loin d'elle et de Guillaume, avec son journal, sa pipe et son whisky, dire : « Comme ils sont charmants ! Comme ils vont bien ensemble ! », son instinct l'avertit que quelque chose de désagréable allait se passer.

— Julia ! appelait Jean-François, viens donc les voir !

Guillaume aussi avait entendu. Parce qu'il s'agissait de ses parents, il comprit plus vite que c'était de lui et de Roséliane dont il était question. En même

temps, ils se retournèrent et les virent qui les obser-
vaient. Pauline et Marc s'étaient joints à eux.

— Joli couple, commenta encore Jean-François.

— On les voudrait mariés, dans quelques années,
ajouta Julia.

Jean-François se leva de façon à faire face à Pauline.

— Ma chère amie, dit-il sur un ton solennel et
en s'inclinant, j'ai l'honneur de te demander à
l'avance la main de ta fille Roséliane pour mon fils
Guillaume.

— Ah non! protesta Marc. Si Roséliane doit
épouser quelqu'un de chez nous, ce sera Simon!

Et ils commencèrent à discuter du sort de leurs
enfants, chacun réclamant Roséliane pour son fils
aîné. Celle-ci et Guillaume s'étaient relevés, hor-
riblement mal à l'aise et ne sachant quoi leur dire
ou comment s'en aller. Pauline, flattée, riait aux
éclats et s'amusait beaucoup. Mais elle croisa le
regard lourd de reproches de sa fille. Un regard qui
disait clairement : « Pourquoi tu nous fais ça ? » Son
rire s'arrêta net et c'est sur un tout autre ton qu'elle
s'adressa à ses amis.

— Vous ne voyez pas que nous les choquons ?
On ne sait même pas s'ils se plairont un jour! Aujourd'hui, ils ont douze ans, laissons-les tranquilles.

Le soir, dans son lit, Roséliane repensait aux projets de leurs parents les concernant, elle et Guillaume. Elle se sentait à la fois mal à l'aise, irritée et

un peu troublée. Elle ne pensait jamais à sa future vie de femme. Elle avait douze ans, elle en aurait treize puis quatorze. Quinze ans lui semblait le bout du monde. Et que pensait Guillaume, de son côté ? Elle aurait été bien incapable de le dire. Durant le dîner, ils n'avaient échangé que quelques mots sans intérêt. Ensuite, durant la promenade qu'ils avaient tous pris l'habitude de faire, ce fut pareil. Il lui semblait même qu'il avait été avec elle un peu distant. À moins que ce ne fût l'inverse.

— Dimi ?

Mais Dimitri dormait déjà.

Le lendemain matin, au petit déjeuner, Simon annonça à la cantonade qu'il ne descendrait pas à la plage avec les autres, qu'il demeurait à la Ferme où « il avait à faire ». On lui posa des questions auxquelles il ne répondit pas. En revanche, il échangea de façon très visible quelques clins d'œil complices avec Irina. « Irina est dans le secret », glissa Guillaume à Roséliane.

La nuit semblait avoir effacé le malaise qu'ils avaient éprouvé l'un et l'autre la veille. Cela tenait surtout à Guillaume qui, dès le réveil de très bonne humeur, s'était assis à côté de Roséliane, comme d'habitude. Celle-ci s'était aussitôt sentie mieux. Au point d'avoir envie d'être aimable avec tout le monde, y compris Simon.

— Ta pièce avance ? lui demanda-t-elle.

Simon hésitait à lui répondre. Il se souvenait du conseil d'Irina : « Protège-toi en ne leur parlant pas » ; il l'avait scrupuleusement suivi. Mais le désir de se rendre intéressant auprès de Roséliane, de lui plaire, fut le plus fort.

— Ma pièce avance beaucoup. D'ici une semaine, je pense l'avoir terminée. J'en ferai une lecture et puis nous pourrons envisager les répétitions. Je crois qu'il s'en dégage quelque chose de puissant et d'implacable. La force du destin...

Simon avait parlé d'une traite de peur qu'on ne l'interrompe, que quelqu'un, comme souvent quand il parlait de ses projets, ne se mette à rire. Mais on l'avait laissé s'exprimer, et c'est le silence qui suivit ses paroles qui l'inquiéta.

— J'espère que tu n'as pas l'intention de nous faire apprendre ton texte par cœur ? dit enfin Guillaume.

Simon ne perçut pas l'ironie de son cousin tant il avait à cœur de parler encore et encore de sa pièce.

— Tu as le deuxième rôle après le mien : Metternich. Un personnage particulièrement bien construit...

— Tu n'as pas répondu à ma question, reprit Guillaume avec de l'agacement dans la voix.

Mais Simon était lancé.

— On jouera dans le salon, avec la porte-fenêtre grande ouverte et le public massé sur la terrasse. J'ai déjà repéré quelques meubles. Il faudra attendre qu'il fasse nuit. Nous, les acteurs...

— Bravo ! Bravo !

Justin était monté sur sa chaise et applaudissait avec enthousiasme. Les petits, que ce jeu amusait, firent de même. En quelques secondes, Justin avait réussi à semer la pagaille autour de la table.

Simon ne perçut pas immédiatement que son frère cherchait à le ridiculiser. Mais il entendit les rires de Guillaume et de Dimitri et comprit que, pas une seconde, on ne l'avait pris au sérieux. Sa première réaction fut, comme souvent, la colère. Il se sentit pâlir et cherchait des mots blessants destinés à le venger. Des mots qui lui faisaient défaut.

Irina avait fait rassoir les petits et ordonnait à Justin de descendre de sa chaise. Celui-ci, satisfait d'avoir ridiculisé son frère, obéit. Mais sa victoire fut complète quand il le vit se lever et, sans un mot, sans un regard pour les autres, quitter la table et s'en aller.

— Et tu es content de toi, bien sûr? dit Irina à Justin.

Roséliane était frappée par l'expression désolée d'Irina. Si l'année passée elle avait pensé que Simon, peut-être, était son préféré, elle en était sûre désormais. Irina aimait Simon comme s'il était son fils, l'enfant qu'elle n'avait jamais eu puisqu'elle ne s'était jamais mariée. Elle avait envie de se lever et d'aller l'embrasser; envie de lui manifester un peu de tendresse.

— Lire son machin, passe encore, mais l'apprendre par cœur, non, pas question, disait Guillaume.

— Même lire son machin, pas question, ajoutait Dimitri.

Roséliane ne les écoutait pas. Elle regardait toujours Irina dont le visage reprenait peu à peu une expression normale et qui enjoignait les petits à terminer leurs tartines. Alors elle suivit son envie et s'en alla embrasser la vieille dame. Celle-ci ne parut pas surprise et lui rendit son baiser. « Tu es une gentille petite fille », lui dit-elle avec simplicité.

Dans la voiture que conduisait Claudie, il y avait Pauline à l'avant avec Thomas sur ses genoux, et à l'arrière, tassés les uns contre les autres, Roséliane, Guillaume, Dimitri et Justin. Il faisait ce jour-là plus chaud que les autres jours et le besoin de plage rendait les enfants impatients. Claudie avait longuement insisté pour que Simon se joigne à eux et vienne se baigner. En vain. Aux questions qu'elle lui avait posées, il n'avait pas répondu et, tout en conduisant la voiture, elle cherchait à comprendre.

— J'espère que ce n'est pas à cause de vous, disait-elle aux enfants. Je pense surtout à toi, Justin : tu es toujours sur son dos à l'asticoter.

Une Vespa qui montait à toute allure, en sens inverse, la força à se rabattre sur le côté. Les enfants, à l'arrière, poussèrent de petits cris. Quant à Thomas, à l'avant, assis sur les genoux de Pauline, il s'en fallut de peu pour qu'il ne vînt heurter la vitre. Mais Pauline le maintenait solidement. Quand la voiture redémarra, Claudie demanda :

— Je t'ai posé une question, Justin. Est-ce qu'il s'est passé quelque chose qui justifierait l'absence de Simon ? Vous vous êtes disputés ?

Ce fut Guillaume qui répondit.

— Justin n'y est pour rien. Simon nous a annoncé qu'il ne viendrait pas et nous a parlé de la pièce qu'il est en train d'écrire et qu'il voudrait nous faire jouer.

Ils étaient arrivés sur la route qui longeait le bord de mer et Claudie cherchait à se garer.

— Mon fils écrit une pièce ! Mais c'est merveilleux !

Elle avait trouvé une place. Durant ce bref délai, à l'arrière, les enfants s'étaient compris : moins ils en diraient sur ce sujet, plus les adultes les laisseraient tranquilles. Guillaume s'en voulait d'avoir révélé le projet de son cousin : il soupçonnait que leurs parents l'approuveraient et leur demanderaient d'y participer. Mais Claudie ne posa pas d'autres questions. Son groupe avait rejoint Julia, Irina et les petits et c'est tous ensemble qu'ils traversèrent la route et descendirent l'escalier qui menait à la plage. Puis, comme d'habitude, ils établirent leur campement un peu à l'écart des autres vacanciers.

— Tout de même, dit Claudie en étalant sa serviette de bain, Simon est tellement doué... Tout l'intéresse... L'année dernière, c'était la politique et maintenant, le théâtre...

— Il est en avance pour son âge, hasarda Pauline.

— Je me demande ce qu'il choisira plus tard, l'Ena ou l'X ?... Justin aussi, d'ailleurs. Thomas et Nicolas, c'est trop tôt pour se faire une idée. Mais je suis sûre qu'ils suivront leurs frères.

Pauline devait la regarder d'une drôle de façon, car Claudie soudain se tut. Puis, sur un autre ton et comme pour s'excuser :

— Je suis très fière de mes fils. Mais ce n'est pas à moi, leur mère, de faire leur éloge.

Guillaume, Roséliane, Dimitri et Justin nageaient en direction du radeau. Claudie les désigna à Pauline qui achevait de s'enduire d'ambre solaire.

— Et les tiens ? Tu as des projets pour les tiens ?

— Aucun.

— Eh bien, permets-moi de te dire que tu as tort. Je crois avoir compris que le niveau scolaire, à Caracas, est lamentable...

— Et que veux-tu que j'y fasse ? répondit Pauline avec mauvaise humeur. C'est à Caracas que nous vivons.

Claudie réfléchit un peu et poursuivit :

— Est-ce que, au moins, tu les inscris à des séjours linguistiques ?

— Séjours linguistiques ?

Si Claudie n'avait pas été aussi sérieuse, elle aurait ri de l'expression effarée de Pauline.

— Depuis quelques années, les grands passent le mois d'août en Angleterre, dans des familles. Leur anglais s'est considérablement amélioré. Cette année, c'est au tour de Thomas. Tu n'organises pas la même chose pour les tiens ?

Pauline se redressa sur ses coudes et fixa son amie avec reproche : avec ses propos sur l'avenir de leurs enfants, elle était en train de lui gâcher son bain de soleil.

— Non. En août, mes enfants sont en vacances. Je ne les imagine pas du tout accepter de gaieté de cœur d'y renoncer pour s'en aller apprendre l'anglais dans une famille anglaise. Et je les comprends !

Un début de malaise s'installa et elles se turent. Comme le silence semblait devoir se prolonger, Pauline crut le sujet clos et s'étendit pour reprendre son bain de soleil, un moment interrompu. C'était mal connaître Claudie.

— Et si je te proposais d'organiser moi-même, de Paris, les séjours de tes enfants en Angleterre, l'année prochaine ? Et si je me chargeais de tout ? De leur parler ? De les convaincre ?

En se rapprochant du radeau, les enfants découvrirent que, pour une fois, il était déjà occupé. Ils se concertèrent rapidement. Ce radeau, ils avaient pris l'habitude de le considérer comme leur propriété et c'est en propriétaires qu'ils montèrent dessus. Une sorte d'assaut un peu brutal qui déséquilibra momentanément l'embarcation. Puis ils s'allongèrent de façon à occuper complètement l'espace qui restait. Le couple déjà présent — un homme et une femme d'une trentaine d'années qui semblaient d'origine nordique — ne s'en formalisa pas. La femme avait les seins nus et cherchait sans se presser le haut de son bikini. Justin et Dimitri la regardaient, fascinés. La femme s'en aperçut et leur sourit avec bonne humeur. Le haut du bikini enfin retrouvé, elle ralentit comme à dessein le moindre de ses gestes. Un début de complicité s'établit entre elle et les deux garçons qui, à leur tour, lui souriaient. Une complicité à laquelle son compagnon mit une fin en agrafant lui-même le haut du bikini.

Roséliane et Guillaume, étendus sur le dos, avaient les yeux fermés et semblaient indifférents à ce qui pouvait se passer autour d'eux. Leurs jambes, leurs hanches et leurs épaules se touchaient. Ils respiraient d'un même rythme, tranquille et lent. Au bout d'un moment, la main de Guillaume chercha celle de Roséliane, la trouva et la serra. Elle tourna la tête dans sa direction et leurs regards se croisèrent. Un regard empreint de gravité. Cela dura longtemps. Roséliane voyait dans les yeux sombres de Guillaume quelque chose de nouveau, qu'elle n'osait pas nommer et qui s'apparentait à ce qu'elle croyait être de l'amour. C'est aussi ce que ses yeux à elle exprimaient et elle était sûre que Guillaume le savait. L'un et l'autre avaient le sentiment si fort de se comprendre que parler était devenu inutile.

Ils sursautèrent au double plongeon du couple nordique et prirent conscience du bavardage de Dimitri et de Justin. Les deux garçons parlaient des seins nus de la femme, les comparaient à d'autres seins, qu'ils avaient aperçus, un jour, dans des conditions assez floues, mais qu'ils ne se souciaient pas de préciser. Roséliane et Guillaume refermèrent les yeux pour se préserver un peu de temps encore, pour mieux s'isoler. Mais Claudie arrivait avec Thomas dans son sillage. « Nous ne les laisserons jamais nous séparer », chuchota Guillaume. « Jamais », répéta Roséliane. Et c'était comme s'ils venaient d'échanger leur premier serment d'amour.

De retour à Mirmer, chacun put voir Simon, assis en plein soleil sur le parapet et qui de toute évidence les guettait. Il sauta à terre et vint à la rencontre de Roséliane, Guillaume, Dimitri et Justin.

— Suivez-moi, leur dit-il. J'ai quelque chose à vous montrer.

— C'est l'heure du déjeuner, rappela Claudie. Je ne veux pas que vous fassiez attendre Maria.

— Cinq minutes, maman ! supplia Simon. Cinq minutes, pas plus et on est là.

Claudie accorda la permission et s'en alla vers la grande maison, rassurée : l'entente semblait parfaite entre les aînés, peu importaient alors les raisons pour lesquelles Simon n'avait pas voulu les suivre à la plage.

Plantée entre les amandiers, à trois mètres environ du grand pin parasol, se dressait une tente que Simon désigna avec fierté.

— Chez moi.

Il se réjouit de l'air stupéfait de ses amis. Ce fut Justin qui le premier réagit.

— Comment ça « chez toi » ? Comment tu peux avoir une tente ?

Simon négligea la question et s'abaissa devant la tente demeurée ouverte pour laisser passer l'air.

— C'est prévu pour deux. Je pourrai m'isoler pour ma pièce mais aussi inviter qui je veux.

Il se tourna en souriant vers Roséliane.

— En rentrant du tennis, je t'invite à boire de la limonade chez moi.

— Très bien, dit-elle, imperturbable.

En vérité, elle éprouvait un peu de crainte à l'idée de se retrouver en tête à tête avec Simon. Même quand il était doux et souriant comme maintenant, elle redoutait sa violence, ses colères soudaines. Elle pressentait aussi quelque chose d'étrange dans le fait d'installer la tente si près de son arbre.

Les préoccupations de Justin étaient bien plus précises. Il les avait tues un moment, mais une fois à table avec Irina et les autres enfants, il les exprima sans dissimuler son mécontentement.

— Je ne comprends pas pourquoi tu as, toi, une tente et pas moi. Qui te l'a donnée ? D'où vient-elle ?

Simon prit un air important.

— Je l'ai achetée.

Les petits, pour une fois, mangeaient sagement et Irina n'était pas obligée de s'occuper sans arrêt d'eux. Elle contemplait les aînés qui, eux aussi, se tenaient bien, ne se disputaient pas. Il faisait très chaud et une sorte de torpeur gagnait la tablée. Seul Justin s'agitait et réclamait des explications. Simon tirait un grand plaisir de cette situation : pour une fois, c'était lui qui menait le jeu et Justin qui s'énervait.

— Avec mon argent, dit-il enfin.

Cette réponse ne fit qu'exaspérer Justin davantage. Il fit appel à Guillaume qui haussa les épaules, façon de dire que cette histoire ne le concernait pas. Roséliane semblait ailleurs ou fatiguée. Dimitri de son côté songeait à ce que serait une nuit sous la tente. Il rêvait oiseaux de nuit et étoiles dans le ciel. Mais une nuit sous la tente avec Simon ne lui plaisait qu'à moitié. L'idéal serait de se la faire prêter et de la partager avec Roséliane ou Guillaume.

Le déjeuner allait sur sa fin et Irina s'aperçut que Justin avait à peine touché à ce qu'il y avait dans son assiette. Elle pria alors Simon de cesser de jouer au mystérieux et de répondre aux questions. Ce qu'il fit bien volontiers.

— Depuis un moment, j'économise. Je veux un endroit à moi, sans frères, sans personne. Dans quelques mois c'est mon anniversaire et j'ai demandé à Irina de m'avancer mon cadeau sous forme d'argent. Voilà.

Simon était si fier de lui, si heureux, qu'il était métamorphosé. Roséliane se souvenait de l'avoir vu une fois ainsi et, là encore, elle fut frappée par sa beauté, par sa ressemblance avec Claudie. Les autres, autour d'elle, s'agitaient : aucun d'eux ne faisait des économies, aucun n'y avait même songé. Tous, maintenant, considéraient Simon avec un certain respect. Quant à Justin, il était si étonné par la démarche de son frère, qu'il se retrancha dans un surprenant silence. Irina n'avait d'yeux que pour Simon et tout son être irradiait de tendresse.

Depuis une semaine, à l'heure de la sieste, Roséliane posait pour Lydia. Cela ne l'amusait pas, elle aurait préféré s'occuper autrement, mais, devant l'insistance de sa mère, elle s'était résignée. Au moment de quitter les autres, alors que chacun se dispersait, Guillaume lui glissa à l'oreille : « Je viendrai un peu avant la fin de la sieste te délivrer. — Tu penses toujours la même chose ? murmura Roséliane. — Oui. » Ils faisaient allusion à ce qu'ils s'étaient promis sur le radeau et qui avait la force et la valeur d'autres mots qu'ils ne songeaient pas encore à prononcer.

La pièce où Lydia avait son chevalet était aussi la chambre qu'elle partageait avec Léonard, son compagnon. Celui-ci, parfois, montait avec elles pour une longue sieste. La lumière du jour ne le gênait pas, ni le bruit léger du pinceau sur la toile. Le peintre et son modèle, dans ce cas-là, évitaient de parler, de peur de le réveiller. Quand il n'était pas là, Lydia entretenait une vague conversation, afin que Roséliane ne s'ennuie pas. Elle lui posait des questions sur sa vie à Caracas, ses lectures, ses goûts. Roséliane répondait poliment, mais se sentait incapable de relancer la conversation quand celle-ci s'enlisait. Elle était assise, un peu raide, sur une chaise et regardait en direction de la fenêtre comme le lui avait demandé Lydia. « Ne te force pas à sourire, avait-elle ajouté. Ne pense à rien de spécial, sois toi. »

Quand les crampes et la fatigue gagnaient Roséliane, Lydia interrompait la séance. Roséliane s'empressait alors d'aller voir le travail du peintre et demeurait, le plus souvent, perplexe. Mais depuis trois jours, ce qui tout d'abord n'avait été qu'une esquisse, quelques taches de couleur, maintenant se précisait. Confrontée à la toile, Roséliane se reconnaissait et ne se reconnaissait pas. C'était bien elle, cette petite fille aux cheveux noirs coupés au carré, aux joues rondes, à la chemisette à carreaux bleus et blancs. Mais ces épaules voûtées ? Ce regard vide, voire bête ? Consultée sur ce sujet, Lydia était formelle : « Ton regard n'est pas bête, il est doux et rêveur. Quant à tes épaules... Eh bien, c'est un peu plus vrai : tu pourrais te tenir mieux, plus droite... Mais ce que tu vois sur le tableau, c'est toi... Enfin, toi telle que je te vois, moi. » Pour l'instant, seule Roséliane avait le droit de suivre, au jour le jour, le travail du peintre. Aussi, quand Guillaume, après avoir frappé à la porte, entra dans la chambre, Lydia le rembarra aussitôt.

— Pas de visiteurs chez moi, ouste, dehors !

Et à Roséliane :

— Pour ce que j'ai encore à faire, je n'ai plus besoin de toi aujourd'hui. Merci de ta patience.

Roséliane et Guillaume dévalèrent l'escalier en courant. Dans le vestibule, ils se heurtèrent à Jean-François, vêtu de blanc, sa raquette de tennis sous le bras.

— Préviens tes cousins, dit-il à son fils. Nous partons dans dix minutes.

En passant par la terrasse, Guillaume et Roséliane surprirent Claudie, couchée dans le hamac, avec Nicolas, le petit dernier. Ils dormaient l'un en face de l'autre, de profil, exactement dans la même position que sur la photo posée sur le bureau de la chambre de Claudie. Des années étaient passées et Nicolas avait remplacé Simon. Mais, comme sur la photo, il se dégageait de la mère et de l'enfant un sentiment de plénitude, de bonheur partagé, qui émut Roséliane.

— On se retrouve dans ton arbre ? demanda Guillaume.

— J'ai rendez-vous dans la tente de Simon. Tu sais bien, il m'a invitée...

Guillaume parut contrarié.

— Soit. Mais je t'accompagnerai et resterai dehors à t'attendre.

Cette proposition, prononcée sur un ton grave, parut à Roséliane exagérément dramatique, mais elle ne dit rien. Elle pensait encore à Claudie et à

Nicolas endormis l'un en face de l'autre dans le hamac.

Quand les garçons remontèrent du tennis, ils trouvèrent Roséliane assise sous la fenêtre de Julia et qui l'écoutait jouer du piano. Simon alla droit vers elle et, avec un sourire charmeur, lui rappela son invitation. Roséliane, apaisée par la musique, avait cessé de redouter ce moment. Elle profita même de l'absence momentanée de Simon, parti chercher de la limonade à la cuisine, pour signifier à Guillaume qu'il était inutile qu'il l'attende devant la tente.

— Comme tu veux, dit-il, un peu vexé, mais je t'y accompagnerai.

Simon revint avec une bouteille de limonade et deux gobelets en carton. Guillaume, Justin et Dimitri les escortèrent, lui et Roséliane, jusqu'à la tente. Là, une mauvaise surprise attendait Simon. Bien installé sur le tapis qu'il s'était fait prêter, il trouva Thomas occupé à manger le paquet de biscuits qu'il avait entreposé quelque temps auparavant. Sa déception, sa colère déclenchèrent les rires de Dimitri et de Justin.

— Sors d'ici immédiatement! dit-il à son petit frère.

Thomas marqua un léger effroi, mais ne bougea pas. Il était devenu clair pour tout le monde que Thomas, cette année-là, tenait à signifier sa présence partout, sous n'importe quel prétexte. Devant une telle résolution, Simon, pour la première fois, se sentit pris au dépourvu. Justin, maintenant, se moquait de lui tandis que Dimitri ajoutait quelques commentaires de son cru.

Bousculant les uns et les autres, Simon se rua sous la tente, empoigna Thomas par les épaules et le traîna de force dehors. Terrorisé, blessé par les cailloux, Thomas se mit à hurler. Simon le lâcha, lui tourna le dos et ne put s'empêcher de revenir pour lui assener un méchant coup de pied. Puis il saisit Roséliane par le poignet et la tira avec lui sous la tente. Cela s'était passé si rapidement que personne n'avait eu le temps de réagir. Calmé, fier de son autorité retrouvée, Simon invita Roséliane à s'asseoir. Mais celle-ci s'y refusa. Dehors, Thomas hurlait toujours, entouré de Guillaume, Justin et Dimitri.

— Pourquoi tu fais ça ? demanda Roséliane. Pourquoi ?

— Ici, c'est chez moi.

— Pourquoi lui faire si mal ? Et ce coup de pied ?

Elle s'était mise à crier et tout en elle indiquait qu'elle allait quitter la tente et se porter au secours de Thomas. Guillaume était de retour prêt à l'aider s'il le fallait. Lui aussi était très en colère. Mais Simon, agenouillé sur le tapis, avait retrouvé son visage doux. Il tendait la main à Roséliane tandis que ses yeux et sa voix suppliaient :

— Reste.

Il y avait tout à coup chez lui quelque chose de

si humble que Roséliane hésitait. Que Simon puisse en même temps être ce garçon-là et celui qui avait manifesté auparavant une telle brutalité, la confondait.

Dans l'encadrement de la tente, Guillaume attendait qu'elle se décide à sortir. Leurs regards se croisèrent.

— Comment va Thomas ? demanda Roséliane d'une toute petite voix.

— Ça va. Des égratignures à cause des cailloux... Rien de grave...

Son visage et sa voix trahissaient son impatience.

— Alors, qu'est-ce que tu attends ? Tu viens ?

Roséliane réfléchit quelques secondes comme si la solution à ce dilemme allait lui être soufflée d'on ne sait où. Elle voyait le visage de Guillaume, crispé par la contrariété et celui si malheureux de Simon. Alors elle se décida et, sans oser regarder Guillaume dont elle redoutait une réaction hostile :

— Je reste.

Elle l'entendit tourner les talons et s'éloigner, suivi par Justin, Dimitri et Thomas qui avait cessé de crier. Simon sortit pour récupérer la bouteille de limonade qu'il avait laissée tomber avant de se précipiter sur son petit frère. Mais elle s'était renversée. Quant aux gobelets en carton, ils avaient été piétinés. Simon s'excusa auprès de Roséliane maintenant assise en tailleur sous la tente. Intimidé et confus, il ne savait plus comment se tenir. Ce fut elle qui l'invita à s'asseoir à ses côtés. Elle avait cessé d'avoir peur de lui ; mieux il lui semblait que c'était elle qui dominait la situation. Un silence s'installa entre eux ; silence qui ne la gênait pas mais qui semblait le tourmenter. Alors, encore une fois, elle eut pitié de lui.

— Je ne t'en veux plus, Simon. Mais je te détestais tout à l'heure.

Simon gardait la tête baissée comme un enfant coupable.

— Pourquoi tu n'arrives pas à te dominer ?

— C'est plus fort que moi. Si on m'énerve trop, il faut que je frappe, que je cogne.

Il parlait à voix basse, la tête toujours baissée.

— Là, ce qui vient de se passer, je le regrette. Thomas est petit, cela aurait dû m'arrêter. Je te jure que c'est vrai, que je regrette.

Roséliane le prit par le menton et, doucement, lui releva la tête, geste dont elle avait vaguement conscience qu'elle l'avait vu exécuté par des adultes, ou au cinéma, peu lui importait. Ce qui comptait, c'était le visage presque apaisé de Simon, son beau regard tendre et confiant.

— En juin, dit-il, les parents m'ont prévenu : si je ne me calme pas, ils me mettront en pension... Il s'agit surtout de mes rapports avec Justin... Mais Justin sait tellement quoi dire et quoi faire pour me mettre en colère...

Ces confidences touchaient Roséliane. Il les lui livrait avec une simplicité inhabituelle chez lui, une grande sincérité. Elle l'écoutait avec une attention qui l'aidait à poursuivre.

— Parfois, je me demande si je ne serai pas mieux en pension, loin de Justin. Et si je commence à m'en prendre aux petits, alors il faut vraiment que j'aille en pension.

— La pension... Mais c'est horrible! Ta famille est tellement vivante, joyeuse. Tu ne pourrais pas vivre sans elle.

Et, baissant la voix parce qu'à son tour elle se confiait à lui :

— Je rêverais d'avoir une famille comme la tienne. J'aime ma famille mais, comparée à la tienne, tout y est plus froid, plus rigide. Vous, les enfants, vous avez une liberté que nous n'avons pas... Je te parle de ma famille en France...

Partie dans son évocation, elle ne s'apercevait pas que Simon, peu à peu, perdait cet air humble et malheureux et qu'à la tendresse du regard se substituait quelque chose qui ressemblait à de la ruse. La chaleur était intense sous la tente. Du côté de la grande maison parvenaient des cris d'enfants. Les plus petits jouaient, à moins qu'ils ne fussent en train de se chamailler.

— Bref, conclut Roséliane, il faut tout tenter pour que tu n'ailles pas en pension.

— Tu peux m'aider.

— De quelle façon?

— En devenant mon amie.

— Mais je suis ton amie!

Il y eut un silence. Roséliane commençait à sentir que quelque chose d'autre s'immisçait dans leur conversation ; quelque chose de nouveau, qui avait cessé d'être agréable et dont il lui fallait se méfier. Elle sentait qu'elle ne dominait plus la situation et que c'était Simon, maintenant, qui menait le jeu.

— Mon amie, comme Guillaume.

Ainsi, c'était donc ça. Roséliane aurait pu faire celle qui ne comprenait pas mais cette demande la prit totalement au dépourvu. Simon, tendu, guettait la moindre de ses réactions. Lui savait qu'ils en étaient arrivés au pourquoi de son invitation sous la tente. L'incident avec Thomas l'avait, un moment, détourné de son projet mais il y était revenu. Restait ce qu'allait répondre Roséliane. Son silence ne le surprenait pas, il patienterait le temps voulu. Il n'attendit pas longtemps.

— Non.

La tension dans laquelle se trouvait Simon envahissait la tente, gagnait Roséliane. Elle avait chaud et il lui semblait que l'air venait à manquer. À l'extérieur, le jour baissait sensiblement. Bientôt ce serait l'heure de l'apéritif sur la terrasse, puis l'heure du dîner. Cette pensée lui donna le courage de regarder Simon en face et de lui répéter pour la deuxième fois :

— Non.

Le visage très mobile de Simon se décomposa en une série d'expressions qui allaient de la colère au chagrin. Mais, très vite, sa volonté, la force de son désir lui vinrent en aide.

— C'est ton dernier mot ? dit-il avec cette emphase théâtrale qu'il avait de temps en temps sans qu'on sache très bien à quoi elle correspondait.

Roséliane hocha la tête. L'expression « amie de Guillaume » lui paraissait bizarre. Si on lui demandait de se définir elle-même, quels seraient ses mots ? « Amoureuse de Guillaume » ? Mais à partir de quand devenait-on une « amoureuse » ? Jusqu'où cela vous menait-il ? Son air songeur trompa Simon.

— Tu peux changer d'avis, dit-il. Ou Guillaume. De toutes les façons, moi je t'attendrai jusqu'à…

Son expression sérieuse ne correspondait pas à sa façon de compter sur ses doigts. En s'y reprenant à deux fois car il avait dû se tromper, il précisa enfin :

— Jusqu'à ce que j'aie quinze ans.

Roséliane était stupéfaite de le voir bâtir des projets à aussi long terme. Et puis qui avait décidé que tous ses étés se passeraient désormais à Mirmer ? Personne. Mais il lui semblait que tout allait dans ce sens ; qu'une décision secrète, commune aux parents et aux enfants, avait été prise ; qu'elle grandirait, deviendrait une jeune fille à Mirmer. Cette pensée lui procura une grande joie, une extraordinaire sensation de sécurité. Elle en oubliait Simon. Il se rappela à elle.

— Si tu changes d'avis concernant Guillaume, tu n'auras qu'à venir me retrouver sous ma tente et me dire : « Je suis avec toi. »

Simon rapprocha son visage de celui de Roséliane et la regarda droit dans les yeux comme s'il cherchait à l'hypnotiser.

— Je suis sûr que tu viendras.

Elle se recula, il avança de manière à maintenir l'étroite distance entre leurs deux visages. Puis, comme s'il venait de prendre une décision, il approcha ses lèvres des siennes. Roséliane se détourna et la bouche de Simon ne fit qu'effleurer un coin de joue. Mais cette tentative de baiser fut pour Roséliane le point limite au-delà duquel il devenait dangereux de s'aventurer. Elle se redressa à demi et, à reculons, sortit de la tente. Simon n'eut pas un geste pour la retenir.

— Nous ne devons plus jamais parler de ça, dit-elle une fois dehors. Et je ne raconterai rien aux autres.

Simon se taisait et la fixait, dur et déterminé.

C'était le jour fixé pour le cocktail. Dès le matin, le ciel s'était couvert. Il faisait plus chaud encore que la veille et l'on se mit à craindre les orages. Où dresser les buffets ? Le salon contiendrait-il tous les invités en cas d'averse soudaine ? Ces questions inquiétaient les adultes et se répercutaient sur les enfants. Eux aussi craignaient qu'on n'annule le cocktail. C'était pour eux une distraction, une rupture dans la monotonie des jours, une occasion d'observer le monde des grandes personnes. Marc leur avait dit qu'ils « aideraient au service » et la perspective d'avoir des responsabilités leur conférait une certaine importance.

Dans le courant de l'après-midi, le danger des orages et des averses semblait écarté. Le ciel restait couvert, mais un peu plus d'air permettait de supporter la chaleur. Par précaution, on installa deux buffets ; un sous la tonnelle, l'autre à l'extérieur de la maison. On attendait une trentaine d'invités et chacun, chez les adultes comme chez les enfants, avait eu des soucis d'élégance. Un peu avant dix-neuf heures, Claudie et Julia, revêtues de leur plus belle robe, guettaient sur la terrasse les premiers invités. Même Lydia, qui ne se souciait jamais de son apparence, avait fait un effort d'élégance et portait un ensemble veste pantalon, qu'on ne lui avait jamais vu et qui venait, paraît-il, des Indes. Les hommes étaient en costume d'été. Claudie avait exigé que Roséliane paraisse en fille, c'est-à-dire en jupe. Au dernier moment, elle rectifia les raies de Justin et de Dimitri ; dompta les cheveux épais et en désordre de Guillaume. Irina, comme toujours, s'était chargée des petits.

Les premiers invités arrivaient et Pauline n'était pas encore descendue de sa chambre. La veille, elle avait manifesté sa mauvaise humeur à la perspective du cocktail. Elle disait détester les réceptions et les réunions mondaines auxquelles elle était tenue d'assister, au bras de son mari, à Caracas. Elle trouvait injuste que cela se reproduise à Mirmer, lors de ses vacances. « Tu feras un effort », lui avait dit Claudie sans plus s'inquiéter. « Je peux très bien ne pas me montrer », avait répondu Pauline. Claudie avait haussé les épaules sans prendre au sérieux ce qui ressemblait tout de même à une menace. Mais là, tout à coup, elle craignit que ce ne fût sérieux et envoya Roséliane chercher sa mère.

— Je la veux à mes côtés, dit-elle. Débrouille-toi pour qu'elle vienne.

Roséliane monta à l'étage, cogna à la porte et,

sans attendre une réponse, pénétra dans la chambre de sa mère. Celle-ci était étendue sur son lit, en combinaison, et fumait une cigarette, le cendrier bien calé sur son ventre. Sur l'autre lit, s'étalaient trois robes. Sur le sol traînaient des paires de chaussures. L'ensemble racontait l'indécision de Pauline, son manque d'intérêt pour le cocktail. Roséliane avait déjà vécu cette situation et alla droit au but.

— Claudie te réclame.

Pauline fit une grimace.

— Je n'ai pas envie de descendre. Tu sais bien comme ça me barbe, ces mondanités.

— Oui, mais elle t'attend.

Pauline fit comme si elle n'avait pas entendu et, après une courte réflexion, fixant sa fille avec une lueur d'espoir dans les yeux, elle proposa :

— Si tu leur disais que j'ai une terrible migraine ? D'ailleurs, je crois bien que je vais en avoir une...

Les migraines de Pauline étaient connues de tous et empoisonnaient sa vie et celle de ses proches. La plupart du temps elles étaient vraies et la retenaient vingt-quatre heures dans sa chambre. Mais souvent, aussi, elles lui servaient d'alibi pour échapper à différentes corvées.

Roséliane demeurait imperturbable, toute à la mission que lui avait confiée Claudie.

— Tu n'as pas de migraine à Mirmer.

Pauline parut surprise et considéra sa fille avec un début d'intérêt.

— C'est vrai... Je ne m'en étais pas rendu compte...

Elle se prit à rêver en tirant sur sa cigarette et en fixant le plafond. Roséliane s'assit sur son lit, avec un ton qu'elle s'efforçait de rendre persuasif :

— Maman, Claudie t'attend. Tu mets n'importe laquelle de tes robes et tu descends.

Moue de Pauline.

— Maman, ce sont tes amis, tu ne dois pas les décevoir. Il suffit que tu te montres pendant une heure et, après, fini la corvée, tu remontes dans ta chambre. Je choisis ta robe, si tu veux.

Surprise, Pauline se redressa sur son lit et renversa un peu du contenu du cendrier. Elle chassa les cendres du plat de la main et eut un sifflement d'admiration.

— Ma propre fille qui me fait la morale, on aura tout vu ! Ça te réussit, Mirmer... Tu prends une assurance...

Mais au grand soulagement de Roséliane, elle se leva.

Il y avait beaucoup de monde, en bas, quand elles descendirent. Les invités s'éparpillaient sur la terrasse et tout autour. Les garçons présentaient les plats, agiles, rapides, toujours en avance sur le désir de chacun. Ils s'amusaient et leur bonne humeur affichée contribuait à la réussite de la réception. Claudie avait passé un bras autour de la taille de Pauline et la menait de groupe en groupe, en racontant leur rencontre en Grèce, leur amitié. Partout où elles passaient, chacun se sentait à l'aise, charmé de les connaître, de se trouver là.

Roséliane avait pris un plat et participait au service avec les garçons. Des quatre, c'était Justin et Dimitri qui s'amusaient le plus. Ils allaient plus souvent que les deux autres à la cuisine, riaient beaucoup et n'hésitaient pas à engager la conversation avec les invités. Un peu étonnée par leur comportement, Roséliane les observait. Ce fut son frère, les yeux brillants et les pommettes légèrement enflammées, qui lui fournit l'explication : « À la cuisine, on finit tous les verres d'alcool, c'est très rigolo. » Et il s'éloigna d'un pas dansant. Roséliane allait le suivre, mais elle fut interceptée par Marc.

— Tu mérites une récréation, ma chérie. Viens avec moi que je te présente à quelques invités triés sur le volet.

Comme Claudie l'avait fait avec Pauline, il passa son bras autour de la taille de Roséliane. Son autre main tenait un verre de whisky. Son sourire était encore plus charmeur que d'habitude.

— J'ai une idée ! Je vais te présenter comme si tu étais ma fille ! Une fille que j'aurais eue avec une autre femme que Claudie...

Il mit aussitôt son projet à exécution avec un aplomb et une sincérité feinte qui amusaient beaucoup Roséliane. Elle était fière de passer pour la fille de Marc, fière qu'il ait eu cette idée. « Roséliane, ma fille... Non, je ne l'ai pas eue avec Claudie, c'est pourquoi vous ne l'avez jamais vue... Oui, c'est son premier été à Mirmer... Oui, Claudie, à cette occasion, a fait preuve d'une tolérance admirable... Vous la connaissez, c'est une femme de cœur. » « Bonjour, madame, bonjour, monsieur », répétait Roséliane à chaque nouvelle présentation. Elle affichait un sourire radieux qui, par une sorte de mystérieux mimétisme, ressemblait à celui de Marc. Parfois, des invités, l'air grave, interrogeaient Marc sur les intentions du général de Gaulle, évoquaient l'Algérie. Roséliane, alors, se souvenait que Marc était quelqu'un d'important, « au service de la France », comme aimait à le rappeler Pauline. Mais Marc, ce soir-là, voulait s'amuser. Il esquivait les conversations sérieuses, attrapait un nouveau verre de whisky et reprenait le jeu. Dimitri se planta un instant devant lui, en titubant. D'abord contrarié, il eut un fou rire et repartit, toujours en titubant. « Mon frère est ivre », pensa Roséliane. Pour l'oublier aussitôt. Le bonheur qu'elle éprouvait avec Marc était trop grand pour tolérer le moindre souci.

La lumière du jour baissait et l'on allumait, ici et là, les premières lampes. Une guirlande de lampions avait été installée sur la terrasse et donnait au cocktail un air de fête campagnarde. « Oui, c'est ma fille... Non, ce n'est pas celle de Claudie... Mais elle a tout pardonné, c'est une femme de cœur... » Les invités, d'abord gênés, se déridaient ensuite en apprenant l'accord de Claudie. Des commentaires

flatteurs couraient sur son compte et elle en devenait, aux yeux de tous, plus aimable encore.

— Arrête immédiatement ce jeu idiot!

Claudie, tout à coup, s'était glissée entre eux et le
couple à qui Marc allait s'adresser. L'homme et la
femme comprirent qu'il se passait quelque chose
d'anormal et se reculèrent. Mais pas suffisamment
pour perdre de vue la suite des événements.

— Qu'est-ce qui te prend? Pourquoi cette comé-
die stupide et de très mauvais goût?

Marc avait cessé de tenir Roséliane par la taille.
Cette dernière était très effrayée par l'intervention
brutale de Claudie, son visage déformé par la
colère.

— C'est un jeu, Claudie, un jeu, se défendait
Marc.

Claudie eut une longue aspiration et prit le verre
de whisky dont elle avala, d'un coup, le contenu.
Autour d'eux, quelques invités s'étaient rapprochés,
attirés par ce qui semblait être un scandale ou une
dispute. Ils le firent avec discrétion, mais cela
n'échappa pas à Claudie. L'expression furieuse ne
s'atténua pas, mais elle baissa la voix.

— Comment as-tu osé inventer une fable aussi
vulgaire, faire preuve d'un tel mauvais goût? C'est
insultant pour moi qui suis ta femme et l'unique
mère de tes enfants! C'est insultant pour Pauline à
qui tu fais jouer malgré elle un rôle ignoble! Et c'est
plus insultant encore pour le vrai père de Roséliane,
qui souffre d'être séparé des siens et dont tu usurpes

la place ! Oui, c'est ça que je te reproche le plus : profiter de l'absence de cet homme pour t'approprier sa fille !

À bout de souffle, elle posa enfin son regard sur Roséliane. Sa voix alors se radoucit :

— Tu n'y es pour rien. Je ne t'en veux pas. Mais laisse-nous, maintenant, va rejoindre les garçons.

Marc semblait l'avoir oubliée. Il tentait d'entraîner sa femme à l'écart du groupe des curieux. Il lui parlait à voix basse, avec conviction, le visage tendu. Claudie disait non de la tête et quand il voulut la prendre dans ses bras, elle refusa et s'écarta. Roséliane n'avait même plus à s'en aller comme le lui avait demandé Claudie, c'était le couple qui s'était éloigné. Elle demeura un instant immobile, comme tétanisée. Peu à peu, montait en elle un sentiment qu'elle ne tarda pas à identifier et qui très vite l'étouffa. C'était la honte. Une honte encore confuse qui lui dictait la fuite comme seule conduite possible. Tout à coup, elle devenait indigne de participer davantage à la réception ; indigne des garçons, de sa mère, Pauline. Et c'est ce sentiment qui la poussa à partir presque en courant, droit devant elle, loin de la fête et de ses amis. Elle avait envie de pleurer, mais ses larmes refusaient de couler. Et la honte était là, toujours, tandis que les reproches de Claudie résonnaient dans sa tête.

Il faisait nuit et, sans l'avoir voulu, elle se retrouva soudain sous son arbre, le grand pin parasol. Elle colla son visage contre le tronc. Les paroles de Claudie résonnaient toujours : « C'est insultant pour moi qui suis la mère de nos enfants... insultant pour Pauline... Insultant pour le père de Roséliane. » Alors, elle se mit à pleurer. La honte, maintenant, portait un nom, avait sa raison d'être. Et au fur et à mesure qu'elle comprenait les raisons de son désespoir, les larmes se transformaient en sanglots : en acceptant aussi joyeusement de passer pour la fille de Marc, elle avait oublié son père, l'avait trahi, l'avait renié. Pire, elle lui avait préféré l'autre, le faux. Une voix mauvaise la torturait : « Et maintenant, qui préfères-tu ? Ton père ou Marc ? » « Mon père », répondait Roséliane. Elle glissa le long du tronc et tomba assise sur les aiguilles de pin qui jonchaient le sol, aveuglée par ses larmes, avec toujours la voix mauvaise qui insistait : « De qui es-tu la fille ? De ton père ? De Marc ? » « De papa », répétait Roséliane. Et sans même s'en rendre compte, elle se mit à l'appeler à voix basse.

— Roséliane ?

Dans une sorte de brouillard, elle entendit la voix inquiète de Guillaume ; elle reconnut sa silhouette debout devant elle, un peu penchée. Elle ne distinguait rien des lignes de son visage. Mais sa soudaine présence provoqua un nouvel afflux de larmes.

Guillaume se laissa glisser à ses côtés. Avec gaucherie, il posa un bras sur son épaule sans essayer de l'attirer à lui. Il demeurait silencieux. C'est tout juste s'il lui disait, de loin en loin, et dans un murmure : « Ne pleure plus, s'il te plaît. » Les spasmes qui secouaient le corps de Roséliane, peu à peu, diminuèrent, ainsi que les sanglots. Lentement elle revenait à la réalité ; lentement le désespoir s'en allait tandis que l'étau qui lui comprimait le cœur se relâchait. La voix mauvaise s'était tue et elle était reconnaissante à Guillaume de ne lui poser aucune question, de n'exiger aucune explication.

Autour d'eux, l'obscurité était totale. Le chant des grillons commençait. On distinguait au loin les contours éclairés de la grande maison. Et Roséliane repensa à ses parents, à Claudie et à Marc. Quelques larmes encore, les dernières, coulèrent tandis que Guillaume répétait : « Ne pleure pas. » Il s'était approché d'elle et lui embrassait doucement, en hésitant, les paupières, les joues. Elle se serra contre lui, en lui rendant, ici et là, avec gaucherie, quelques baisers. À deux reprises leurs lèvres s'effleurèrent. Ils gardaient leurs yeux fermés et ne virent pas une silhouette s'engager dans le chemin qui passait entre le grand pin parasol et la Ferme, ni le faisceau de la torche lumineuse qui la précédait et balayait le sol. La lumière, soudain braquée sur eux, les fit en même temps sursauter. Les yeux maintenant ouverts, ils percevaient mal qui se tenait au milieu du chemin. Pendant un temps qui leur parut très long, ils restèrent enlacés, éblouis par la lumière, figés, comme collés au tronc de l'arbre. Puis le faisceau de la torche les lâcha pour éclairer à nouveau le chemin. La silhouette reprit sa marche vers le portail et disparut dans la nuit.

— Qui était-ce ? demanda Roséliane avec inquiétude.

— Un voisin ou une voisine qui rentre... La fête doit être finie maintenant... Il va falloir aller dîner. Tu veux bien ? Tu te sens prête ?

Leurs corps s'étaient rapprochés avec naturel et c'est avec naturel qu'ils se détachèrent l'un de l'autre. Roséliane passa sa main sur sa joue brûlante et encore humide.

— Je ne peux pas me montrer comme ça... On va voir que j'ai pleuré...

Elle discernait mal dans l'obscurité le visage de Guillaume, mais il lui semblait qu'il souriait.

— T'inquiète. Il n'y a pas que toi qui as eu des problèmes...

Il était debout et lui tendait une main pour l'aider à se relever.

— Ton frère et Justin, si tu les avais vus... Ils étaient ivres, mais ivres... Ils ont fait un joli scandale à eux deux...

— Raconte !

— Je crois qu'ils vidaient systématiquement tous les fonds de verre... Ça ne s'est pas vu tout de suite... Mais ils devenaient de plus en plus bruyants, renversant là une chaise, là un plateau... Ils se heurtaient l'un à l'autre, se cognaient aux invités et partaient dans d'immenses fous rires. Par ailleurs, il a dû se passer quelque chose du côté des parents. Beaucoup d'invités sont partis d'un coup, Marc et Claudie étaient très tendus. Le pire, c'est quand

Dimitri et Justin, en même temps, se sont affalés sur le divan du salon et quand Claudie leur a demandé s'ils avaient perdu la tête... Dimitri s'est mis à chanter sur l'air du *Pont de la rivière Kwaï*... Tu vois ce que je veux dire ?

— Oh oui : « Hello ! le soleil brille, brille, brille. »

— C'est ça. Dimitri s'est mis à chanter : « Claudie fait la gueule. » Ce qui donnait à peu près cela.

Guillaume chanta. Roséliane riait. *Le Pont de la rivière Kwaï* était le film préféré de son frère. Pendant plus d'un mois, il avait sifflé l'air, chanté la version française.

— Et ensuite ?

— Ensuite ? Claudie l'a très, très mal pris. Elle lui a demandé d'arrêter, mais Dimitri a continué. Là-dessus, papa est intervenu, furieux, et a déclaré : « Ma parole, mais ils sont soûls comme des grives ! » Il leur a donné l'ordre d'aller se coucher et comme ils n'obéissaient toujours pas, il a porté de force ton frère dans votre chambre. Pendant ce temps, Justin s'est endormi sur le divan où je suppose qu'il est toujours. Si papa l'avait ramené à la Ferme, on les aurait entendus passer.

Ils avaient marché lentement, avec de fréquents arrêts afin de retarder le moment d'affronter la grande maison et ses habitants. Mais maintenant, ils étaient arrivés.

— Et maman ? demanda Roséliane.

— Oh, ta mère a eu très vite la migraine et était

191

remontée depuis longtemps dans sa chambre... Elle n'a rien vu...

Ils avaient quitté le sentier et se rapprochaient du garage où, d'après les bruits qui leur parvenaient, les enfants et Irina étaient sur le point de passer à table. Roséliane se figea, effrayée. Guillaume lui serra la main pour l'engager à le suivre.

— Tu penses toujours la même chose ? murmura-t-elle pour se rassurer, comme elle l'aurait fait avec une formule magique.

— Oui.

Un fort orage avait éclaté durant la nuit. Le retour du beau temps, le lendemain matin, semblait avoir effacé les inconduites des uns et les disputes des autres. Dimitri et Justin n'avaient pas été malades et étaient juste arrivés en retard au petit déjeuner. Ils demandèrent aux autres de leur raconter comment ça s'était terminé, car ils ne se souvenaient de rien.

— À votre place, je ne ferai pas les fiérots, dit Irina avec sévérité.

L'avertissement fut entendu, mais Dimitri, à voix basse, demanda à sa sœur :

— Raconte-moi ce que j'ai fait...

— Je n'étais pas là.

— T'étais où ?

— Dans mon arbre.

Mais, sensible à sa déception, elle ajouta :

— Tu as ronflé, cette nuit, une horreur !

Cela suffit au bonheur de Dimitri qui attaqua avec appétit sa première tartine. Elle aussi repensait aux événements de la veille. Si d'avoir feint d'être la fille de Marc lui laissait une sorte de gêne, le souvenir de Guillaume et elle enlacés sous son arbre lui causait une délicieuse émotion. À côté d'elle, Simon était absorbé par une mystérieuse besogne. Quand elle lui demanda de quoi il s'agissait, il lui tendit une carte de visite de son père.

— Je raye le prénom de papa et je le remplace par le mien. C'est pour mes invitations. J'en envoie une quinzaine.

Il lut l'incompréhension sur le visage de Roséliane.

— Mes invitations, pour ma pièce. La représentation aura lieu, je pense, dans huit jours. Dès la fin de la semaine nous pourrons commencer les répétitions.

Simon ne se formalisa pas du peu d'enthousiasme de Roséliane. On aurait dit qu'il s'était promis de demeurer calme et serein et c'est avec beaucoup de gentillesse qu'il reprit la parole, en s'adressant, cette fois-ci, à toute la tablée.

— Je sais que vous n'avez pas envie de jouer ma pièce. J'ai réfléchi. C'est vrai qu'elle est longue, qu'il y a beaucoup de tirades, et que nous n'avons plus assez de temps pour l'apprendre par cœur. Aussi nous donnerons une lecture améliorée. Je vous en lirai bientôt quelques passages et je suis certain de votre avis favorable.

Il marqua quelques secondes de silence et martela :

— Certain. Sûr et certain.

Sa conviction finit par intéresser Roséliane. Elle contempla un moment le visage à la fois calme et fiévreux de Simon ; les yeux gris pailletés de vert. Elle sentait chez lui une force sans rapport aucun avec la sienne ou celle de Guillaume, Dimitri, ou Justin. Il lui semblait que, s'il parvenait à maîtriser ses pulsions colériques, comme c'était le cas ce matin, il pourrait tout réussir ; que rien ne lui résisterait longtemps. Et elle qui ne pensait jamais à l'avenir songea que celui de Simon serait le plus remarquable.

Parents et enfants se retrouvèrent au complet à la plage. Pauline n'avait plus de migraine et Claudie semblait de bonne humeur. Tandis qu'ils installaient leur campement à leur place habituelle, Pauline, tout en s'enduisant d'ambre solaire, revint sur ce qui s'était passé la veille au soir.

— Tout de même, apprendre que mon fils a bu ! Je me demande d'où ça lui vient... Pas de moi, en tout cas.

— De papa, répondit placidement Dimitri.

Pauline eut pour son fils un sourire attendri et complice.

— Il est vrai que ton père a le gosier en pente...

Mais elle perçut le regard scandalisé de Roséliane. Mère et fille, un court instant, demeurèrent les yeux dans les yeux, comme pour se défier. Puis Roséliane détourna la tête, une expression chagrine sur le visage.

— Oh, je t'en prie, protesta Pauline, exaspérée, ne prends pas ces airs de juge et de martyre, Roséliane ! Je ne disais rien de mal. « Avoir le gosier en pente » est une expression imagée qui n'a rien de désagréable pour ton père. Et puis zut !

Pauline s'allongea et tendit son visage vers le soleil, bien décidée à ne plus s'occuper de sa fille. Claudie avait-elle senti le changement d'humeur de Roséliane ? Cette subite tristesse qui l'empêchait de se joindre aux garçons ? Elle roula sur sa serviette de façon à se rapprocher de Roséliane.

— J'aimerais tant connaître ton père ! Si on pouvait le décider à venir vous chercher dans dix jours, ce serait merveilleux... J'ai cru comprendre, d'après Pauline, qu'il y songe sérieusement.

Roséliane pensa très vite : « Mais pourquoi maman ne nous a rien dit ? » Puis : « Dans dix jours nous quittons Mirmer », et sa tristesse, jusque-là assez vague, se précisa. Mais elle se devait de répondre à Claudie.

— Je suis sûre qu'il t'aimerait beaucoup.

— Ah oui ? Pourquoi ?

— Parce qu'on ne peut pas faire autrement que t'aimer si on te connaît !

C'était comme un cri du cœur et Claudie parut à la fois émue et troublée. Les garçons, lassés d'attendre Roséliane, nageaient en direction du radeau. Seul Guillaume faisait la planche, près du rivage. Sa façon de lui signifier que lui, à l'inverse des autres, continuait de l'attendre. Mais Roséliane, à cet instant, n'avait d'yeux que pour Claudie.

La jeune femme était gracieusement étendue sur le côté, blonde et bronzée. Pour une fois, elle portait non pas un bikini mais un maillot une pièce blanc qui mettait son corps en valeur.

— Papa aime beaucoup les jolies femmes, dit soudain Roséliane, surprise de formuler aussi précisément une pensée qui, jusque-là, n'avait fait que l'effleurer.

Claudie eut un rire joyeux, se releva et, à la stupeur de tous, fit plusieurs fois de suite la roue, avec la souplesse et la grâce d'une acrobate. Elle revint en marchant sur les mains et termina par un double saut en arrière, avant de retomber sur sa serviette, à peine essoufflée, ravie de son exploit. Pauline et Julia la contemplaient, ahuries. Des vacanciers, autour, se mirent à l'applaudir, aussitôt suivis par Irina, les petits et Roséliane. Guillaume, dans l'eau, cria : « Bravo ! » et les vacanciers reprirent : « Bravo, bravo ! » Claudie, alors, se releva, et salua son public, le corps ployé en avant. Puis, quand les applaudissements cessèrent, elle tomba à genoux sur sa serviette, le visage illuminé de plaisir.

— Comment sais-tu faire des choses pareilles ? demanda Pauline.

— Je travaille l'acrobatie, une fois par semaine, dans un centre près de la place Clichy. Il y a essentiellement des gens du cirque mais aussi quelques amateurs, comme moi. J'adore ça !

— Moi aussi j'adorerais ça! dit Roséliane avec enthousiasme.

Claudie la considéra avec tendresse.

— Quand tes parents se décideront à quitter leur Venezuela pour s'établir à Paris, je t'emmènerai avec moi. Maintenant, allons nous baigner car c'est bientôt l'heure de rentrer et Guillaume s'impatiente. C'est que tu l'as fait attendre, aujourd'hui!

Le déjeuner des enfants s'achevait dans la pagaille habituelle quand Pauline et Julia firent irruption dans le garage.

— Nous venons juste de passer à table, dit Julia sur un ton qui s'efforçait d'être neutre. D'ici trois quarts d'heure, nous aurons terminé et nous désirons vous voir, Roséliane et Guillaume, parler avec vous. Tous les autres, vous irez faire la sieste, mais vous deux, on vous attend.

— Et pourquoi pas moi? protesta Justin.

— Parce que ça ne te concerne pas.

Les deux jeunes femmes quittèrent le garage et les enfants, aussitôt, commentèrent l'étrange convocation. Presque tous avaient leur mot à dire, un début d'hypothèse. Seuls Roséliane et Guillaume se taisaient. Ils avaient le sentiment que quelque chose de désagréable les attendait et se demandaient quoi. « On n'a rien à craindre », se répétait Roséliane. Mais plus les minutes passaient, moins elle en était sûre.

C'est en s'efforçant de rien laisser paraître de leur appréhension, qu'ils se rendirent sur la terrasse. Les adultes achevaient leur café à l'ombre de la tonnelle et Marc leur fit signe de s'asseoir parmi eux, en bout de table. Les enfants obéirent, impressionnés par son attitude solennelle et par le silence que leur arrivée avait provoqué. Silence qui se poursuivit quelques secondes comme si chacun se concentrait pour trouver les mots justes. Il y avait dans l'air quelque chose d'électrique, qui n'avait rien à voir avec la chaleur ambiante et qui rendait certains adultes très nerveux. Guillaume remarqua l'absence de Lydia et de Léonard et eut cette pensée : « On est en famille. » Il aurait aimé croiser le regard de son père, mais celui-ci était occupé à bourrer sa pipe.

Marc interpella Claudie.

— C'est toi qui commences ou c'est moi ?

— C'est toi.

Marc se racla la gorge de façon à s'éclaircir la voix. Le regard qu'il posait sur Roséliane et Guillaume se voulait bienveillant comme le ton qu'il opta pour parler.

— Nous avons besoin d'avoir une conversation avec vous deux. On nous a rapporté des faits vous concernant qui ne sont pas d'une gravité extrême mais qui, tout de même, posent problème compte tenu de votre âge.

Tout en parlant, il scrutait le visage impassible de Guillaume et celui très inquiet de Roséliane, guettant chez l'un comme chez l'autre l'anticipation de ce qu'il avait à leur dire.

— Et si tu allais droit au but? lui suggéra Julia.

Marc parut embarrassé. Aller droit au but n'était pas dans ses habitudes. Il aimait prendre son temps, faire précéder son discours de différentes entrées en matière. Claudie eut pitié de l'attente des deux enfants et poursuivit là où son mari s'était arrêté. Elle était émue et ne s'en cachait pas.

— Une de nos voisines vous a surpris hier, couchés sous le grand pin et vous embrassant. D'après elle, ce que vous étiez en train de faire ou ce que vous vous apprêtiez à faire ne faisait aucun doute.

Roséliane tressaillit, effrayée par ce qui venait d'être dit et dont elle n'était même pas sûre d'avoir compris le sens. Elle chercha du secours du côté de sa mère et, dans une certaine mesure, le trouva : Pauline la contemplait d'un air rêveur mais sans la juger.

— Et qu'est-ce que nous étions censés faire ou être sur le point de faire? demanda Guillaume.

À l'inverse de Roséliane, il n'était ni impressionné ni ému. Mais elle le sentait se raidir de colère.

— Ne sois pas insolent, mon fils, intervint Jean-François. Nous avons juste besoin d'avoir votre version. Est-ce que c'est vrai?

— C'est faux.

Guillaume se tourna vers Roséliane.

— N'est-ce pas?

Son assurance lui apporta un semblant de calme.

Elle avait compris qu'ils se trouvaient devant une sorte de tribunal familial et qu'elle ne devait pas laisser au seul Guillaume le soin de leur défense.

— C'est faux, répéta-t-elle.

Il lui sembla que la tension nerveuse des adultes se relâchait. Sa mère lui sourit, puis échangea, à voix basse, quelques mots avec Julia. Guillaume sentit que le courant était en leur faveur et en profita aussitôt.

— On peut savoir qui est la salope qui a inventé cette histoire ?

— Ne sois pas grossier, gronda Marc.

Mais il répondit à la question en citant un nom et un prénom féminin qui ne disaient rien à Roséliane mais qui enflammèrent Guillaume.

— Elle nous connaît depuis qu'on est petits, elle passe vous voir tous les étés et elle a inventé cette histoire ? Si c'est pas ça, une salope...

Un brouhaha chez les adultes l'incita à se taire. Il y parvint tout de suite avec cette étonnante maîtrise de soi qui le caractérisait. Mais il sentait Roséliane très vulnérable, prête à fondre en larmes si cette situation se prolongeait trop longtemps.

— Comprenez-nous bien, reprit Jean-François. On n'a rien contre le fait que vous soyez tout le temps ensemble, à vous tenir par la main ; rien contre le fait que vous échangiez même de temps en temps de chastes baisers... Mais ça doit s'arrêter là. Le reste n'est pas de votre âge. Or, un geste en entraîne un autre et...

Roséliane n'écoutait plus. Elle repensait à la soirée de la veille ; aux baisers de Guillaume. Comment qualifier le moment où leurs lèvres s'étaient effleurées ? Le trouble qu'elle avait éprouvé et dont elle pensait que Guillaume l'avait éprouvé aussi ? Elle en venait à ne plus discerner le vrai du faux. Mais une seule attitude devait la guider, la soutenir : celle qui consistait à appuyer Guillaume dans le moindre de ses propos. Elle s'efforça de se concentrer sur ce qu'il commençait à dire en réponse à son père.

— Hier soir, Roséliane avait disparu de la fête. Je l'ai cherchée et trouvée sous son arbre. Elle pleurait et j'ai voulu la consoler. Je l'ai prise dans mes bras et peut-être lui ai-je fait des baisers sur les joues... Là-dessus on a braqué sur nous le faisceau d'une lampe de poche, mais nous n'avons pas distingué qui c'était tant nous étions éblouis par la lumière.

— Et c'est tout ? demanda Pauline qui jusque-là s'était tue.

— C'est tout, répondit Guillaume.

Pauline chercha le regard de sa fille.

— C'est tout, Roséliane ?

— Oui, maman, c'est tout.

Pauline quitta sa place et vint se poster derrière Guillaume et Roséliane, faisant ainsi face aux autres adultes.

— Ils disent la vérité, c'est évident... Je n'ai jamais cru à cette histoire... Je connais ma fille...

Quant à votre voisine, c'est au pire, comme dit Guillaume, une salope, au mieux, une obsédée sexuelle !

— Pauline !

Claudie semblait sincèrement choquée par la brutalité des propos de Pauline. Toutefois, l'atmosphère, aussitôt se détendit ; il y avait même du rire dans l'air. Mais Marc voulait avoir le dernier mot.

— Soit. C'est votre parole contre celle de notre voisine et amie et je veux croire que vous ne nous avez pas menti. Mais que cela nous serve de leçon à tous : bientôt vous allez grandir, devenir des adolescents...

Il s'interrompit car il avait en face de lui le visage moqueur de Pauline. Roséliane et Guillaume avaient opté pour une attitude exagérément respectueuse et, telles deux victimes injustement soupçonnées qu'on venait d'innocenter, ils attendaient la suite. Ils semblaient, à ce moment-là, encore si loin de l'adolescence, si enfantins que Marc se hâta de finir, renonçant de bon cœur au discours auquel il s'était préparé.

— Nous devons vous faire confiance comme vous devez nous faire confiance. Ne perdons jamais cette exigence de vue. Nous serons toujours là si vous avez besoin de nous parler. Voilà.

— Amen, conclut Pauline.

Elle feignit d'ignorer l'expression soudain vexée de Marc et, d'un geste de la main, signifia qu'elle avait quelque chose à dire. Les adultes qui venaient de se lever, trop heureux d'en avoir fini avec cette histoire embarrassante, se rassirent.

— Dans huit, dix jours, mes enfants et moi devons partir. D'ici là, je préférerais éviter de rencontrer cette... cette...

Guillaume à voix basse lui souffla : « salope », mais Pauline trouva un autre terme.

— ... personne. Sinon, je lui dirai ma pensée et j'aurai, avec elle, un tout autre langage que celui que j'utilise maintenant.

Ses paroles furent suivies d'une salve d'applaudissements. Les têtes de Simon, Justin et Dimitri surgirent au ras de la terrasse, provoquant chez leurs parents des réactions diverses. Pour tous, il était clair qu'ils s'étaient tenus accroupis sous la terrasse, au pied des vignes, en plein soleil.

— Qu'est-ce que ça veut dire ? soupira Marc avec lassitude.

Justin fut le premier à se hisser à leur niveau.

— Ça veut dire que nous avons tout entendu et que nous nous sommes planqués là quand nous avons compris que quelque chose menaçait Guillaume et Roséliane. C'est notre droit d'entendre ce que vous aviez à leur reprocher... De les soutenir... De les défendre.

Sans même s'en rendre compte, il imitait le ton solennel que son père, parfois, utilisait, il parodiait son vocabulaire. Marc se reconnut aussitôt et ne put s'empêcher de rire. Pauline, Jean-François et Julia firent de même. Seule Claudie hésitait encore sur l'attitude à adopter.

— J'ai dit quelque chose de drôle ? s'étonna Justin.

Son père tenta de redevenir sérieux, mais ses yeux qui riaient toujours offraient à Justin un parfait démenti. Marc lui ébouriffa les cheveux affectueusement, geste qu'il avait jadis, quand ses fils étaient petits.

— Très franchement, dit-il, et une fois n'est pas coutume, je ne vais pas me comporter comme l'exigerait la morale que j'essaie de vous inculquer. Je passe sous silence le fait que vous n'aviez absolument pas le droit de venir nous espionner, parce que... parce que j'aime les liens que vous avez su tisser entre vous... votre solidarité.

Les autres adultes parurent l'approuver. En réalité, ils étaient soulagés d'échapper à une querelle qui les aurait opposés à leurs enfants. Sentiment que ces derniers partageaient, un peu surpris de s'en tirer à si bon compte. Justin, Simon et Dimitri quittèrent le soleil de la terrasse pour l'ombre de la tonnelle et les conversations reprirent comme s'il ne s'était rien passé : pour tous, le sujet était clos.

En fin de journée, à l'heure de l'apéritif, parents et enfants se retrouvèrent à nouveau réunis. Pour les uns comme pour les autres, il s'agissait de se prouver que l'accusation dont avaient été victimes Roséliane et Guillaume était définitivement oubliée et qu'aucune tension ne subsistait. Sur la terrasse, une surprise les attendait.

Tandis que Claudie achevait de remplir les verres de whisky, Pauline était arrivée en brandissant un télégramme. Sans s'adresser particulièrement à ses enfants, elle annonça à la cantonade :

— C'est mon mari. Il arrive de Caracas via New York, mardi, à Paris, et sera avec nous mercredi.

Des exclamations de joie accueillirent la nouvelle. Roséliane était si heureuse qu'elle en demeurait muette. Dimitri, à l'inverse, réclamait des informations supplémentaires, exigeait de voir le télégramme. Le télégramme passa ainsi de main en main jusqu'à revenir à Pauline.

Claudie était radieuse.

— Je suis si impatiente de connaître ton mari.

Elle prit à témoin l'ensemble des adultes regroupés autour d'elle.

— N'est-ce pas ?

Des approbations diverses lui répondirent. De tous, c'était Pauline la plus réservée. Affalée dans un fauteuil, elle contemplait les vignes, le bosquet de pins, comme si ce dont il était question la concernait à peine. Roséliane sentit qu'il y avait quelque chose d'étrange dans le comportement de sa mère. « Elle n'est pas contente du retour de papa », pensa-t-elle. Près d'elle, Claudie s'étonnait.

— On dirait que ça ne te fait pas plaisir...

Pauline fit la moue et prit le temps d'allumer une cigarette.

— C'est pas ça, dit-elle, laconique.

— C'est quoi alors ?

Pauline cherchait les mots justes avec des airs d'écolière concentrée.

— Mirmer, c'est un peu mon jardin secret. Je ne dois pas avoir envie de le partager avec quiconque.

— Même avec ton mari ?

— Même avec mon mari.

Sa franchise amusa Marc et Jean-François qui qualifièrent les propos de leur amie de « très drôles ». Claudie était choquée : « Pauline... Comment peux-tu dire des choses pareilles ? » Quant à Roséliane, elle s'interrogeait sur ce que signifiaient les paroles de sa mère. Sans trouver de réponse.

La lune était haute et pleine quand les enfants, après le dîner, sortirent se promener. Thomas avait bien tenté de se joindre à eux, mais Irina avait été formelle : Thomas, comme les autres petits, devait aller se coucher. Auparavant, elle s'était, elle aussi, intéressée à la venue prochaine du père de Roséliane et de Dimitri. « Parle-t-il russe ? » leur avait-elle demandé. « Un peu », avait, au hasard, répondu Roséliane. C'était une question qu'elle ne s'était jamais posée.

Cette venue prochaine était au centre des conversations des enfants et avait pris la place occupée auparavant par la dénonciation mensongère de la voisine. Mais Roséliane et Guillaume ne l'avaient pas oubliée. Elle pesait encore sur eux, tandis qu'ils marchaient la main dans la main, silencieux, soulagés que les autres parlent à leur place, rassurés par leur présence.

Comme d'habitude, c'était Guillaume qui les guidait et quand il quitta la route pour emprunter l'étroit sentier caillouteux qui menait à ce que Roséliane appelait la « maison de la Belle au bois dormant », elle s'en réjouit.

La masse sombre des pins, de chaque côté du sentier, le chant des grillons et le silence tout autour mirent fin aux derniers bavardages. Il y eut le cri d'un oiseau de nuit que Dimitri identifia comme celui d'une chouette et, soudain, au bout du sentier, la grande prairie et la maison. La lune en éclairait les moindres détails ; le portail entrouvert, l'herbe desséchée, les volets fermés et le perron.

Impressionnés par l'aspect fantomatique du lieu, les enfants traversèrent la prairie, firent le tour de la maison et revinrent s'asseoir sur le perron. De là, ils voyaient la grande prairie et, au bout, la masse des pins. Il était impossible de deviner que, derrière, il y avait la route, des vignes et, enfin, la mer. On n'entendait plus les grillons et plus d'oiseaux de nuit. Si ce silence convenait à certains, il en oppressait d'autres. Ainsi Justin.

— Jamais vu un endroit aussi sinistre, dit-il. On se croirait sur la planète Mars.

— C'est pas comme ça, la planète Mars, répondit Simon avec sérieux.

Roséliane aimait ce lieu. Sa main, discrètement,

serra celle de Guillaume. « Tu penses toujours la même chose ? chuchota-t-il. — Oui. » Cette question, sa réponse s'accordaient avec ce lieu. Elle devinait que Guillaume l'aimait aussi et c'était un peu comme si la maison aux volets fermés leur appartenait. Elle se rappela qu'ils avaient gravé leurs prénoms sur une feuille de cactus et eut envie de les revoir.

Simon, en les découvrant, voulut à son tour y graver le sien, tout de suite imité par Justin. Guillaume leur prêta son canif et les aida en les éclairant avec sa lampe de poche. Prié d'en faire autant, Dimitri, cette fois, accepta. Devant leurs cinq prénoms, ils demeurèrent un instant silencieux, en proie à des pensées diverses. Ce fut Simon qui exprima ce qu'ils éprouvaient.

— Nous venons d'inscrire la trace et la preuve de notre passage.

Il dit cela avec un tel sérieux que tous comprirent qu'en fait il pensait : « ... de notre existence ». Mais personne ne s'autorisa le moindre rire, la plus petite moquerie. Tous les cinq, à ce moment-là, se sentaient mystérieusement ensemble, comme liés pour toujours. Simon, encore, conclut :

— Nous reviendrons chaque été revoir ce cactus et, quand nous serons grands, il nous rappellera les vacances de notre enfance et cette nuit-là en particulier.

— Il est dix heures trente-cinq, il devient urgent de rentrer, dit Guillaume à voix basse comme pour ne pas troubler ce qui se passait entre eux.

Ils tournèrent le dos à la maison, poussèrent le portail en bois et descendirent, les uns derrière les autres, le sentier bordé de pins qui menait à la route. Arrivé le premier, Guillaume se retourna pour vérifier qu'ils étaient au complet, reprit la main de Roséliane et proposa :

— On court ?

Tous les cinq s'élancèrent sur la route. Leurs pieds, chaussés d'espadrilles ou de sandales, faisaient peu de bruit sur le goudron. Pour une fois, il n'était pas question de course, de compétition. Ils couraient pour le seul plaisir de courir, soucieux de rester groupés, de prolonger, un moment encore, ce besoin, commun à tous et qu'ils savaient rare, de rester ensemble. Simon, Justin et Dimitri en riaient de joie et quand Roséliane qui, la main dans celle de Guillaume, les précédait de peu se retourna, elle sut avec certitude que jamais elle n'oublierait cette soirée ; que jamais elle ne s'était approchée aussi près du bonheur.

Le lendemain matin, au petit déjeuner, il subsistait encore un peu de la joie qu'ils avaient éprouvée en courant sur la route, de ce mystérieux sentiment d'être reliés les uns aux autres. D'ordinaire, à peine levé, Justin n'avait qu'un but, asticoter son frère, ce qui rendait Simon immédiatement agressif. La violence entre eux gagnait les autres et il était fréquent que les petits en viennent aussi à se disputer. Ce n'est pas sans effroi que Roséliane et Dimitri se rappelaient leurs premiers repas, l'année dernière. Cela, depuis, s'était considérablement modifié. « La présence d'une fille a assagi mes garçons », avait conclu Claudie. Roséliane en était très fière.

Ce matin-là, même ses rapports avec Simon semblaient apaisés. Il ne la fixait plus avec insistance comme il avait coutume de le faire, elle avait cessé d'avoir peur de lui.

— Ton père aime le théâtre ? lui demanda-t-il.

— Je ne sais pas... Je crois que non.

— Mais si tu ne sais pas, c'est peut-être oui ?

— C'est peut-être oui.

— Alors nous devons reculer notre lecture d'un jour ou deux pour qu'il puisse entendre ma pièce.

— Tu ne penses qu'à ça !

— Pas seulement, non.

Un bref instant Roséliane crut voir passer dans le regard de Simon cette fixité qui la mettait si mal à l'aise. Mais cela ne dura pas et Simon, calmement, poursuivit :

— J'aimerais vous en lire quelques extraits, demain, pendant la sieste. Ceux que je préfère et qui, j'ose l'espérer, vous plairont.

Il se retourna vers Irina qui, tout en aidant les plus petits à finir leurs tartines, ne perdait pas un mot de ce qu'il disait.

— Toi aussi, tu es invitée, bien sûr.

— Je te remercie, mon chéri. J'accepte avec plaisir.

« Comme elle l'aime », songea rêveusement Roséliane. Et, un court instant, elle envia Simon. Il s'était levé et sans s'adresser à quelqu'un en particulier :

— Je vais dans ma tente travailler à ma pièce. Vous me préviendrez pour la plage ?

Leur campement une fois établi à leur place habituelle sur la plage, Guillaume, Simon et Justin furent les premiers à se dévêtir et à s'élancer dans l'eau.

— Attendez-moi ! hurla Thomas.

Mais ses frères et son cousin nageaient déjà en

direction du radeau. Thomas en trépignait de rage et appelait sa mère à son secours. Roséliane et Dimitri, à leur tour, entraient dans l'eau. Claudie les interpella :

— Emmenez Thomas avec vous.

Elle feignit d'ignorer le manque d'enthousiasme des deux enfants, arrêtés dans leur élan et qui se demandaient s'ils étaient tenus d'obéir. Elle les rejoignit au bord de l'eau, en tenant Thomas par la main.

— Roséliane, je te le confie. Impossible de compter sur mes garçons, alors je fais appel à toi. Thomas, pour cette baignade, est sous ton entière surveillance.

Elle souriait, mais le ton qu'elle avait employé n'autorisait aucune discussion. Dimitri, soulagé de ne pas avoir été mentionné, décida de n'être en rien solidaire de sa sœur.

— Bon courage, lui dit-il en se jetant dans l'eau.

— Merci, conclut Claudie avant de lâcher son troisième fils et de s'en aller s'allonger sur sa serviette.

— On y va ? demanda Roséliane.

— On y va.

Thomas, comme ses frères, nageait bien, mais lentement. Roséliane prenait sa mission très au sérieux, calquait son rythme sur le sien et s'inquiétait, parfois, de le voir s'essouffler. À deux reprises, ils firent la planche afin qu'il se repose, puis finirent par gagner le radeau. À eux six, ils occupaient tout l'espace et cela découragea d'autres baigneurs de monter à bord. Thomas, heureux de se trouver avec les grands, se donnait beaucoup de mal pour leur plaire, pour se faire accepter. « L'année prochaine, il faudra compter avec lui », songeait Roséliane. Et c'était merveilleux de savoir qu'il y aurait d'autres étés. Couché contre elle, Guillaume somnolait ou faisait semblant. Simon et Justin racontaient à Dimitri que bientôt aurait lieu le traditionnel concours de pétanque auquel participaient parents et enfants, suivi du non moins traditionnel tournoi de ping-pong.

— Il y a encore d'autres trucs dans ce genre ? demanda Dimitri.

— Bien sûr, répondit Justin. Concours d'anglais et concours de connaissances générales. Mais cela ne concerne que nous, les enfants.

— Beurk, répondit Dimitri, qui songea avec délice qu'il ne serait plus là.

Pourtant, il admettait que son hostilité envers Mirmer et ses habitants diminuait, qu'il commençait même, peu à peu, à s'y attacher. Mais il demeurait sur la défensive. « Avec eux, il faut s'attendre à tout », pensait-il sans plus de précision. La chaleur du soleil, le clapotis régulier de l'eau contre le radeau poussaient à la rêverie, à l'endormissement. Plus personne ne parlait depuis un moment quand Guillaume émergea de sa torpeur.

— On va finir par être en retard ! Claudie sera furieuse.

De fait, en se redressant et en regardant en direction de la plage, il la vit qui agitait les bras pour attirer leur attention.

— On fait la course ? proposa Justin. Je parie que c'est moi qui arrive le premier !

— On fait la course ! répondirent en chœur Simon et Dimitri.

Ils plongèrent aussitôt, oubliant que Thomas se trouvait parmi eux et qu'il ne pouvait en aucun cas les suivre. Guillaume, soit qu'il en eût conscience, soit qu'il préférât rester avec Roséliane, ne les suivit pas.

Elle lui en fut reconnaissante.

— Tu vas nager entre Guillaume et moi, dit-elle à Thomas. Sans te presser, sans essayer d'aller vite. Au moindre signe de fatigue, on s'arrête et on fait la planche.

Sur la plage, leurs mères achevaient de rassembler les nombreux objets dispersés sur le sable pour les tasser dans les paniers. Simon, Justin et Dimitri, encore épuisés par la course, gisaient sur leur serviette et, malgré les fréquents rappels à l'ordre de Claudie, retardaient le moment de se lever. Plus essoufflé encore que les deux autres, Justin ne cessait de clamer : « C'est moi qui ai gagné ! Moi ! » Les petits étaient prêts et Irina s'empressa au-devant de Thomas quand il apparut, encadré par Roséliane et Guillaume.

— Ne traînez pas, dit Claudie, on est déjà en retard.

Un gros panier dans chaque main, elle entama la première la montée de l'escalier suivie par Pauline, Julia et les trois plus petits. Sur la plage, Irina avait fini de sécher Thomas et l'aidait à s'habiller. Les aînés se contentèrent d'enfiler leurs vêtements sur leur maillot encore mouillé. « J'ai gagné ! Je suis le meilleur ! » claironnait toujours Justin. « De si peu... », protestait Simon, « ... qu'on se demande si ça compte vraiment », achevait Dimitri.

En montant l'escalier, ils continuaient à feindre de se disputer, en se poussant du coude, en riant, excités par leur jeu et le regard admiratif et envieux du petit Thomas. Arrivé en haut de l'escalier, Simon se tourna vers son frère.

— Chiche ?

— Chiche !

L'échange entre eux fut si rapide, que personne n'eut le temps d'intervenir. Simon et Justin s'élancèrent ensemble au milieu des voitures. Il y eut un premier coup de freins, suivi d'un choc. Roséliane et d'autres virent distinctement un corps d'enfant projeté comme une poupée ou un mannequin et retomber presque à leurs pieds, sur le trottoir. C'était Simon. Le hurlement que poussa Irina se perdit dans le fracas des voitures et d'autres hurlements qui semblaient venir de partout. Justin avait fait demi-tour et revenait indemne en criant le prénom de son frère. Roséliane et Guillaume agenouillés sur le trottoir suppliaient : « Simon ! Simon ! » Mais Simon gisait inanimé sur le dos, sans blessures apparentes. Son visage était d'une blancheur effrayante.

Se frayant un passage au milieu des voitures bloquées sur la route, Claudie et Pauline accouraient, suivies de Julia. La stupeur, puis l'horreur les figèrent une seconde. Claudie repoussa Guillaume et Roséliane et se laissa tomber auprès du corps de Simon.

— Ne le touchez pas, ne le bougez pas, ordonnat-elle aux personnes qui voulaient lui venir en aide et qui, maintenant, faisaient cercle autour d'eux.

— Appelez une ambulance... les pompiers.

Quelqu'un se dégagea du groupe : un médecin qui, doucement, écarta Claudie pour être plus près de Simon. « Il respire encore. » Il dut comprendre que la jeune femme au visage dévasté par la peur était la mère et répéta : « Il respire encore, madame. Mais il faut faire vite. » « On vient d'appeler... Les secours ne vont pas tarder », assura un inconnu. Irina se tenait à même le trottoir, blottie près du corps de Simon, comme un enfant ou un animal. Elle gémissait : « Mon petit, mon petit. » D'autres mots suivaient, en russe, que personne ne comprenait. Pauline, debout derrière Claudie, avait pris Roséliane et Dimitri dans ses bras. Elle pleurait silencieusement en serrant très fort ses enfants contre elle. Julia faisait de même avec Thomas. Mais quand elle aperçut les trois plus petits, qui étaient restés de l'autre côté de la route, se faufiler entre les voitures, elle prit Thomas par la main et, très vite, à l'intention de Pauline :

— Il ne faut pas qu'ils voient Simon, je les boucle dans ma voiture.

Traînant un Thomas en état de choc, elle intercepta les trois plus petits et leur fit rebrousser chemin. Roséliane, elle aussi en état de choc, regardait sans comprendre ces gens inconnus, en maillot de bain ou en short, s'agiter autour d'eux ; une femme en larmes qui ne cessait de répéter : « Il s'est littéralement jeté sur ma voiture... Je n'ai pas pu freiner à temps... Ce n'est pas ma faute » ; Justin et Guillaume, serrés l'un contre l'autre, pâles et tremblants ; le ciel si bleu et Claudie, toujours agenouillée sur le trottoir, dont on ne voyait que le dos et la nuque et qui, comme Simon, avait l'immobilité des pierres.

En même temps que les voitures redémarraient, retentit au loin la sirène de l'ambulance. Claudie alors se redressa. Son visage, maintenant inexpressif, avait la blancheur de la craie. Parler lui demanda un énorme effort car elle avait du mal à respirer. Elle dit d'une voix basse et neutre, méconnaissable :

— Irina, je t'en prie. Ramène tous les enfants à la maison. Préviens Marc et dis-lui de me rejoindre à l'hôpital.

— Je ne peux pas, sanglotait Irina. Je ne peux pas quitter mon Simon... te laisser seule...

Pauline se détacha de ses enfants et avec beaucoup de douceur aida Irina à se relever. Son visage, baigné de larmes, suppliait.

— Claudie n'est pas seule, je reste avec elle. Mais les enfants ont besoin de vous... Si je savais aussi bien que vous m'en occuper, je resterais à votre place... Irina, s'il vous plaît...

Une ambulance venait de s'arrêter, deux hommes en blouse blanche en sortirent avec un brancard. Les personnes encore présentes s'écartèrent pour les laisser passer. Irina fit signe aux enfants de la suivre. Tandis qu'avec d'infinies précautions, les deux infirmiers déposaient le corps de Simon sur le brancard, Roséliane vit sa mère poser ses mains sur les épaules de Claudie. Elle l'entendit très distinctement lui dire : « Il respire, Claudie, il est en vie. Il respire ! »

Marc et Jean-François, prévenus, étaient aussitôt partis à l'hôpital de Marseille où l'on avait transporté Simon. Léonard et Lydia les avaient suivis dans une autre voiture. Le couvert était mis dans le garage et sur la terrasse, mais personne ne voulait manger. Pour les plus petits, il y eut tout de même un simulacre de repas auquel tous assistèrent. Conscients qu'il se passait quelque chose de grave, on avait dû leur dire que Simon avait eu un accident. Cette explication les rassurait à moitié : à Mirmer, il ne se passait pas un seul été sans que l'un des garçons ne se blesse. Julia réussit même à les envoyer, comme d'habitude, faire la sieste. Elle tenta de convaincre Thomas de se joindre à eux. Mais son visage ravagé d'angoisse, sa façon de se tenir agrippé à Justin, la fit y renoncer. Les plus petits couchés, les autres demeuraient autour de la table, paralysés, incapables d'échanger même des paroles d'espoir. Tous attendaient la sonnerie du téléphone. Parce qu'il se trouvait au salon, Julia proposa de changer de pièce.

Ils se levèrent comme des automates et s'installèrent près du téléphone. Les enfants étaient serrés les uns contre les autres sur le divan. Seul Justin, un peu à l'écart des autres, pleurait en silence. Roséliane tenait Thomas dans ses bras et, sans s'en rendre vraiment compte, le berçait. Se parler, échanger même un regard, leur était impossible. Chacun se sentait le devoir de ne pas s'effondrer, de garder pour soi sa terreur, comme si, là-bas, à l'hôpital, la vie de Simon en dépendait. Roséliane voyait et revoyait l'image d'un corps d'enfant projeté en l'air comme une poupée ; la chute de Simon sur le trottoir. Qui d'autre avait vu cette scène de cauchemar ? Elle ne le savait pas. Et pour échapper à cette image, elle serrait contre elle Thomas ; couvrait son front et ses joues de baisers.

Irina était assise près d'eux, prête à bondir à la première sonnerie. Son chignon s'était à moitié défait, de longues mèches blanches et grises pendaient de part et d'autre du visage, qu'elle repoussait machinalement, le regard fixe et les lèvres serrées. Parfois, à voix haute, sans s'adresser à quelqu'un en particulier, elle disait avec une conviction désespérée : « Mon petit va s'en tirer. » Personne n'avait le courage de lui répondre, de l'approuver.

La lumière dorée de l'été pénétrait par les fenêtres, par la porte, et rendait plus cruelle encore l'interminable attente.

La sonnerie du téléphone les fit tous sursauter. Julia fut la première à décrocher.

— Oui, c'est moi, dit-elle faiblement.

Elle tournait le dos aux enfants et à Irina, mais ils la virent se raidir, puis s'affaisser à moitié. Très vite, elle raccrocha et toujours en leur tournant le dos, elle dit, lentement, en détachant chaque mot comme s'il fallait qu'elle aille les chercher au plus profond d'elle-même :

— Simon est mort, il y a un quart d'heure. Hémorragie interne.

Le fourgon funéraire avançait lentement au milieu de l'allée principale du cimetière. Un long cortège suivait dans un silence tel qu'on entendait le chant des cigales et le bourdonnement des abeilles. Il était mené par des enfants vêtus de blanc, qui se tenaient par la main et qui pleuraient sans faire de bruit. Roséliane serrait très fort celle de Justin et celle de Thomas qui trébuchait dans le sable de l'allée. Guillaume et Dimitri encadraient les trois petits derniers. Derrière, suivaient leurs parents et Irina, tous vêtus de sombre. Derrière encore, des voisins et des amis venus de partout. Parmi eux, une dizaine d'enfants : les camarades de lycée de Simon.

Le cortège se disloqua quand apparut le cercueil et chacun tenta de se rapprocher de la tombe, d'entourer la famille. Il faisait beau et chaud, c'était une banale matinée de juillet. Une brise légère remuait les cimes des cyprès. Des couronnes et des bouquets de fleurs s'amoncelaient autour de la tombe.

Un prêtre se mit à parler de paix et d'espoir. Mais pour les enfants, c'était incompréhensible. La vie qui, il y a quelques jours encore, s'étendait devant eux à perte de vue n'avait plus de sens. Il n'y aurait plus de merveilleux étés semblables à ceux qu'ils avaient vécus. En perdant l'un des leurs, ils avaient basculé dans un autre monde. Et quand on descendit le cercueil dans la tombe, tous savaient qu'un peu de ce qu'ils avaient été, ensemble ou individuellement, s'en allait pour toujours avec Simon.

DU MÊME AUTEUR

Aux Éditions Gallimard

DES FILLES BIEN ÉLEVÉES.

MON BEAU NAVIRE (« Folio », n° 2292).

MARIMÉ (« Folio », n° 2514).

CANINES (« Folio », n° 2761).

HYMNES À L'AMOUR (« Folio », n° 3036).

UNE POIGNÉE DE GENS. Grand prix du Roman de l'Académie française 1998 (« Folio », n° 3358).

AUX QUATRE COINS DU MONDE (« Folio », n° 3770).

SEPT GARÇONS (« Folio », n° 3981).

JE M'APPELLE ÉLISABETH.

Composé FIRMIN-DIDOT
Impression Liberduplex
à Barcelone, le 9 décembre 2003.
Dépot légal : décembre 2003
ISBN 2-07-031299-2./Imprimé en Espagne.

126715